rowohlt
rotfuchs

W0461138

SARAH
JÄGER

NACH VORN, NACH SÜDEN

ROMAN

Rowohlt
Taschenbuch Verlag

2. Auflage März 2020
Originalausgabe
Veröffentlicht im Rowohlt Taschenbuch Verlag,
Hamburg, März 2020

Lektorat Christiane Steen
Satz aus der Scala Pro
Gesamtherstellung CPI books GmbH, Leck, Germany
ISBN 978-3-499-00239-7

For Hali & Kai

DER HINTERHOF vom Penny-Markt ist mehr als ein Hinterhof.

Mehr als ein grau betoniertes Quadrat und zwei Meter hohe Backsteinmauern. Mehr als Holzpaletten, die an der Mauer aufgestapelt sind, als Müllcontainer und Container für abgelaufene Lebensmittel. Mehr als Metallstühle, die Otto mitgebracht hat, damit nicht alle auf den Holzpaletten sitzen müssen. Mehr als der Grill, den Marvin aus einem der Schrebergärten geklaut hat.

So viel mehr als all das.

Manchmal denke ich, dass einige von uns nur beim Penny arbeiten, damit sie eine Ausrede haben, um auf dem Hinterhof abzuhängen. Wir Aushilfen verstecken uns acht oder zwölf Stunden in der Woche irgendwo zwischen Süßigkeitenregal und Pfandflaschenautomat, aber die meisten von uns hängen Vollzeit im Hinterhof ab. Dem Filialleiter Wendthoff, dem hat das nicht gefallen. Mit rotem Kopf stand er immer in der Tür zum Lager und bekam Antworten, die er verdiente:

«Meine Schicht fängt doch in einer halben Stunde an ... was, ich stehe heute gar nicht auf dem Plan?»

«Ich warte nur auf Marie, die ist in zehn Minuten fertig ... Was, erst in zwei Stunden, da hat sie mir aber Mist erzählt.»

«Ich? Ich arbeite doch hier. Sie kennen mich nicht? Also der Can hat gesagt, ich könnte ... Der hat hier nichts zu sagen? Erzählen Sie doch nichts ...»

Irgendwann hat der Wendthoff wohl keine Lust mehr gehabt, bis zur Rente mit rotem Kopf in der Tür zum Lager zu stehen, und hat sich in eine Filiale im Süden versetzen lassen.

«Passt auf, der schleimt sich noch bis zu Rewe hoch», hat Can da nur gesagt. Der neue Wendthoff ist die Sache schlauer angegangen. Der neue Wendthoff heißt eigentlich Müller, aber das interessiert hier niemanden. Seinen Namen sucht man sich nicht aus, der wird einem gegeben, erst bei der Geburt und dann hier auf dem Hinterhof. Für den neuen Wendthoff ist das grau betonierte Quadrat nicht mehr als ein grau betoniertes Quadrat, und er hat es uns kampflos überlassen, «aber wehe, ja, wehe euch, es gibt Ärger, keine Prügeleien, kein Delirium, kein Dealertum und keine Kippen im Container». Dafür hat er den Vollzeitern einen Fernseher in den Pausenraum gestellt, damit sie gar nicht auf den Gedanken kommen, dass es da noch etwas geben könnte, einen besseren Ort, jenseits des Pausenraums. Sie bekommen ihren täglichen Trash, und wir können zwischen den Müllcontainern ein Stückchen vom Himmel sehen. Die Vollzeiter haben das Sagen zwischen Süßigkeitenregal und Pfandflaschenautomat, und wir rütteln nicht an ihrem Thron, denn wir wollen mehr. Wir wollen mehr, als sie haben.

Es gibt keine komplizierten Aufnahmerituale. Will ein

Mensch dazugehören, dann muss er im Hinterhof abhängen. Das ist die erste Regel, und danach kommt nicht mehr viel.

Pavel hat im letzten Herbst aus den Plastikhüllen, in die die Paletten eingeschweißt sind, ein Dach gebaut. Mit Plan, Geschick und Tacker. Jetzt kann uns nicht einmal mehr der Regen in unsere Schranken weisen.

Wir hocken nicht die ganze Zeit vollzählig aufeinander und umeinander. Das sind nur die besonderen Momente, die Feiertage und Feierabende. Alle sind da, wenn einer von uns was zu feiern hat. Alle sind da, aus Sympathie, Freundschaft oder weil es was umsonst gibt.

So wie am heutigen Abend, an dem Marie ihren Realschulabschluss feiert. Alle werden da sein, weil alle Marie mögen. Alle werden da sein. Alle heißt – alle bis auf Jo.

Ich bin spät dran, habe noch einen Abstecher zur Uni machen müssen. Völlig außer Atem komme ich im Hinterhof an. Niemand hebt den Kopf, nicht jeder wird im Hinterhof vermisst. Can steht am Grill. Er ist so alt wie ich. Und dann ist da noch der Hinterhof, und dann hören die Gemeinsamkeiten auch schon auf. Can ist immer der Erste, den man sieht. Es gibt ja so Menschen. Die kommen in den Raum, und alles wirft Funken. Mit großer Geste wendet er Würstchen und Gemüse. Die Würstchen hat Marie im Penny gekauft, das Gemüse haben wir gestern aus den Containern gefischt. Hinter Can auf den Holzpaletten sitzt Marie. Sie trägt ein weißes T-Shirt und eine blaue Jogginghose. Niemand kann eine Jogginghose mit Eleganz tragen. Niemand, außer Marie. Sie unterhält sich mit Vika, die rechts neben ihr sitzt. Auch Vika trägt eine Jog-

das bekommen andere nicht hin, die zehn Jahre älter sind als du. Oder sogar zwanzig. Diese alten Mütter, die sind doppelt so alt wie du und bekommen das trotzdem nicht hin.»

Vika bekommt das mit Fine auch nicht so richtig hin. Fine ist die meiste Zeit bei Vikas Mutter, eigentlich immer. Insgesamt geht bei Vika nicht viel. Praktikum nach Praktikum. Friseurin, Einzelhandelskauffrau, Systemgastronomin, Erzieherin, sie hat einiges durch. Auch sonst.

Vika weiß nicht, was sie will. Nur Otto, den wollte sie, aber Otto wollte irgendwann nicht mehr.

Trotz Fine.

«Und den Speck hier, den bekomme ich auch nicht weg», jammert Vika weiter und greift sich in die Seite. Dann beugt sie sich näher zu Marie und flüstert: «Deswegen steht Otto nicht mehr auf mich. Ich bin ihm zu fett.»

«Das glaube ich nicht», flüstert nun Marie, «so ist der Otto doch nicht.» Beide schauen zu Otto, der mit seinem besten Kumpel Pavel unter dem Plastikdach sitzt. Es regnet nicht, aber das ist unserem Pavel vollkommen schnuppe. Das Plastikdach ist Pavels ganzer Stolz. Immer wieder wandert sein Blick hoch zu den Plastikplanen, während Otto auf ihn einredet.

«Und da hat er gesagt, dass es dazu nichts mehr zu sagen gibt», beendet er gerade seinen Monolog.

«Das hat er gesagt?»

«Ja, da sagste doch nichts mehr, oder?»

«Nee ... da sagste nichts mehr.»

«Vielleicht schmeiße ich einfach hin.»

«Der Name ... der ist ja auch kacke.»

«Echt? Der Name ist noch das Beste an uns.»

Otto ist Bassist in einer Band, die ‹Blümchenschlüpper› heißt. Er arbeitet beim Penny, aber nie am Wochenende. Dann reisen sie durchs Land, Otto und seine Band.

Seit Jahrzehnten ist die Band in der Punkszene unterwegs, und alle anderen Bandmitglieder sind mindestens doppelt so alt wie Otto, irgendwo jenseits der vierzig. Wenn jemand sagt, dass Punk doch gar nicht so sein Ding sei, dann schließt Otto nur kurz die Augen und sagt, dass er Musik machen will. «Was erwartet ihr, dass ich einen auf afrikanische Folklore mache und in der Fußgängerzone trommele?» Zu Otto gehören seine roten Chucks, Hosen mit Nadelstreifen und weiße Hemden. Wenn er auf der Bühne zwischen den Punkgreisen mit ihren zerrissenen Jeans und T-Shirts steht, dann ist er wie ein Kreis in einer Reihe von Quadraten, und doch ist er es, der das Bild komplett macht.

Als ob er gespürt hätte, dass wir sie anstarren, löst unser Pavel seinen Blick vom geliebten Plastikdach und schaut zu uns herüber. Er lächelt. Natürlich lächelt er. Manchmal könnte ich ihm ins Gesicht schlagen. Mitten ins Gesicht, weil er seinen Namen behalten durfte. Trotz Brille, fettiger Haare und unreiner Haut. Pavel ist achtzehn Jahre alt, aber seine Haut denkt immer noch, er sei mitten in der Pubertät. Wäre unser Pavel ein Mädchen, dann hätte er es verdammt schwer. Aber bei Jungs zählen plötzlich die inneren Werte, und in dieser Hinsicht ist Pavel rasend schön.

«Jetzt muss unser Pavel nur noch fliegen lernen, dann ist er ein Superheld», hat Can gesagt, nachdem Pavel das Dach fertiggestellt hatte, und hat ihm dabei auf seine schmalen Schultern geklopft. Pavel ist sofort rot geworden und hat genuschelt: «Erst mal ... also ich mach erst mal Fachabi.» Ständig bleibt unser Pavel mitten im Satz hängen. Aber Can hat recht: Wenn einer aus diesem Hinterhof rauskommt, aus dieser Stadt, aus diesem Leben, wenn einer was Großes wird, dann ist es unser Pavel. Nur seine eigene Mutter könnte ihn noch zum Absturz bringen, denn sie hegt die laute Hoffnung, dass er einmal die nächste Ausgabe vom Wendthoff wird.

«Ich baue uns einen ... Da direkt an die Mauer. Einen Aussichtsturm», ruft er uns zu. «Hinterm See bei den neuen Häusern, da liegt ganz viel Holz. Das holen wir, und dann wird das ... ich glaube, dann wird das noch richtig schön hier.»

«Wozu brauchen wir denn einen Aussichtsturm?», lacht Marie, «um den Hinterhof zu schützen?»

«Na ja, Feinde gibt es doch an jeder Ecke», sagt Vika und nimmt einen großen Schluck aus der Weißweinflasche.

«Zum Weitgucken. Man muss doch mal weit gucken ... das braucht man doch mal, oder nicht?», antwortet unser Pavel, und seine Augen werden noch größer, als sie hinter den Brillengläsern ohnehin schon sind.

«Manche sehen fern, und unser Pavel guckt weit, so ist das Leben. Will irgendwer Würstchen?», ruft Can und hält mit seiner Zange ein Würstchen in die Luft. ‹Unser Pavel›. Auch ich sage ‹unser Pavel›. Pavel musste seinen Namen nicht am Hinterhofeingang abgeben. Er durfte ihn behalten und hat sogar noch einen Zusatz bekommen. Bei uns gibt es kein ‹von und zu›, wir adeln mit einem ‹unser›.

«Ich baue euch einen Aussichtsturm ... da klackern euch die Hufe», sagt unser Pavel.

«Was soll das denn heißen, Hufe klackern?», fragt Otto und sieht unseren Pavel skeptisch an.

«Dass ihr euch wundern werdet.»

«Irgendwer Würstchen?», fragt Can dazwischen.

«Jetzt lass uns doch mal mit deinen Würstchen», fährt Otto ihn an, und Can lässt seufzend die Zange sinken.

«Ohren schlackern heißt das, nicht Hufe klackern. Ohren schlackern», richtet sich Otto wieder an unseren Pavel.

«Das macht doch ... macht überhaupt keinen Sinn.»

«So heißt aber das Sprichwort.»

«Warum sollen Ohren schlackern?»

«Aber Hufe klackern, oder wie?»

«Auf Asphalt ... da klackern die.»

«Die klappern, Hufe klappern.»

«Zähne klappern ... Hufe klackern.»

«Alles klar.» Otto gibt auf. Unser Pavel holt eine Flasche Orangenlimonade aus seinem Rucksack, murmelt: «Hufe klappern ... das klingt dämlich», und nimmt einen Schluck. Unser Pavel liebt Orangenlimonade.

Plötzlich wird die Lagertür aufgestoßen. Der Wendthoff. Also der neue Wendthoff. Neben der Lagertür an die Wand gelehnt, stehen Leroy und Marvin. Sie haben heute noch keinen Ton gesagt. Zumindest nicht, seitdem ich da bin. Stattdessen tippen sie unentwegt auf ihren Smartphones herum. Leroy arbeitet noch nicht lange beim Penny, und er wird auch nicht lange bleiben. Marvin ist Leroys Bruder. Er ist erst dreizehn und der Jüngste von uns.

«Was machst du hier?», fragt der neue Wendthoff den Leroy.

ginghose, ohne Eleganz, dafür mit weißen Streifen. Auf ihrem Shirt steht in goldenen Lettern ‹Born to win›. Zwischen Vika und Marie wartet eine halbvolle Flasche Weißwein. Der Platz links neben Marie ist frei. Da hat Jo immer gesessen, und deshalb setzt sich da niemand hin. Dabei ist Jo nicht tot. Nur weg. Auf den beiden Metallstühlen sitzen Otto und Pavel, mir bleibt Boden oder Stehplatz. Kurz zögere ich noch, dann setze ich mich links neben Marie auf die Holzpaletten. Vielleicht zuckt sie leicht zusammen, aber mehr passiert auch nicht.

Vika schaut zu mir rüber und hebt leicht die Augenbrauen. «Jawollo, Entenarsch», sagt sie. Im Hinterhof sucht man sich seinen Namen nicht aus. Entenarsch. So nennen sie mich.

Marie lächelt mich nur kurz an und hört dann wieder Vika zu. Wenn Menschlichkeit ein Gesicht hat, dann soll sie bitte so aussehen wie Marie. Ein Gesicht, das keine Schminke braucht, weil es nichts zu verbergen hat. Dabei ist Marie keine Heilige. Auch sie nennt mich Entenarsch, von Zeit zu Zeit. Das hätte Jesus nicht gemacht, Jesus hat sich von Judas küssen lassen, aber der Mensch will schließlich nicht am Kreuz enden. Der Mensch muss kein Heiliger sein, er muss nur so sein wie Marie. Dann wäre die Welt vielleicht noch zu retten.

«Wieso muss man denn immer was machen, nur weil alle was machen?» Vika verzieht ihren rot geschminkten Mund zu einem Flunsch.

«Weil nichts machen auch keine Lösung ist», sage ich, weil mir ihr Gejammer schon nach einem Satz auf die Nerven geht. «Jetzt mal ehrlich ...»

«Du machst doch ganz viel», werde ich von Marie unterbrochen, «du hast Fine, das muss man erst mal hinbekommen,

«Pause?», antwortet Leroy, ohne den Blick vom Smartphone-Display zu heben.

«Eine Stunde?»

«Ja?»

«Wann hat deine Schicht angefangen?»

«Vor einer Stunde ungefähr?»

«Und, merkst du was?»

Leroy schaut den Wendthoff mit ausdrucksloser Miene an.

«Hm. Sollte ich?»

Leroy wird nicht lange bleiben.

Der neue Wendthoff schüttelt nur leicht den Kopf und hält Leroy die Lagertür auf. Mit einem Schnaufen steckt Leroy sein Smartphone in die Hosentasche. Laut fällt die Tür hinter den beiden ins Schloss.

Auch Marvin steckt sein Smartphone in die Hosentasche und schlurft zu Can an den Grill.

«Lass mich mal», sagt er und versucht, Can ein wenig zur Seite zu schieben.

«Vergiss es, Checker.»

Checker. Sogar Marvin hat es besser getroffen als mich.

«Aber ich hab den geklaut. Ohne mich gäbe es gar keinen Grill.»

«Und wenn du nicht willst, dass ich dich verpfeif, hältst du jetzt einfach mal die Backen», sagt Can und geht einen Schritt auf Marvin zu. Die Zange mit dem Würstchen in seiner rechten Hand hat er leicht erhoben. Marvin ballt seine Fäuste, doch ich sehe genau, wie es um seine Mundwinkel nervös zuckt. Um Cans Mundwinkel zuckt es auch, aber das ist keine Nervosität. Seine Mundwinkel verziehen sich zu einem breiten Grinsen, und er wuschelt mit seiner linken Hand durch Marvins Haare.

«Nur Spaß, hier, nimm die Zange, übernimm den Grill.»

Dann schnappt er sich eine Dose Bier und stellt sich hinter Marvin.

«Mann, Mann, Mann. Ihr jungen Leute seid immer so leicht aus der Ruhe zu bringen.»

«Can», sagt Marie, und er dreht sich sofort zu ihr um. «Wenn du das nächste Mal auf Hollywood machen willst, dann bitte ohne Würstchenzange.»

«Ja, das kommt nicht, oder? Aber ich fand meinen Blick ziemlich beeindruckend. Wie ich so dastehe. Mit meinem Killerblick und dem Würstchen in der Zange. Das war doch episch, irgendwie.»

«Ja, da klackern ... die Hufe», ruft unser Pavel, und alle lachen.

«Can und das Killerwürstchen», ruft Vika, und alle lachen.

«Es war die Aushilfskraft mit einer Bratwurst», ruft Otto, und alle lachen.

«Das hatte die Wucht eines griechischen Dramas», rufe ich, aber da hat das Lachen der anderen schon aufgehört.

«Ph, dich hätte ich plattgemacht», murmelt Marvin.

«Genau.» Can verschränkt die Arme. Ich kann sein Gesicht nicht sehen, aber ich weiß, dass seine Mundwinkel wieder zucken.

Marvin wirft die Zange auf den Grill und zieht ein Springmesser aus seiner Hosentasche. Er lässt die Klinge aufspringen und klappt sie wieder ein. Mehrmals hintereinander macht er das, sein Blick bleibt stur auf dem Messer. Seine freie Hand zur Faust geballt. Niemand von uns ist überrascht. Wir alle wissen, dass er ein Messer in seiner Tasche hat. Vor ein paar Monaten hat ein Kumpel von seinem Bruder Leroy einen abgestochen, unten am See. Einfach so. Ein paar Tage lang dachten alle, dass Jo der Typ mit dem Messer gewesen sei, große Aufregung im Hinterhof, aber dann haben sie den Kumpel von Leroy verhaftet, und es herrschte wieder Ruhe.

Can seufzt. «Alles klar. Wir alle haben gesehen, dass du ein Messer hast, dass du ein ganz Harter bist, also steck es wieder ein.»

«Das nächste Mal mach ich dich platt», nuschelt Marvin und schiebt das Messer wieder in die Hosentasche.

«Ist notiert», Can legt Marvin einen Arm um die Schultern. «Aber jetzt kümmern wir uns wieder um die wichtigen Dinge im Leben.» Marvin reagiert nicht, aber er wehrt sich auch nicht gegen Cans Arm. «Wie lautet noch mal die goldene Grillregel für Würstchen? Schwarz oder nicht?», fragt Can in die Runde, und ich sehe, dass sich Marvins geballte Faust langsam wieder öffnet.

«Auf keinen Fall schwarz. Das ist gar nicht gut ... also für die Gesundheit», antwortet unser Pavel.

«Marie, wir brauchen neue Würstchen.»

«Wieso?»

«Unser Pavel sagt, schwarze Würstchen gehen nicht. Otto, sag doch auch mal was.»

«Wieso, nur weil deine verkackten Würstchen schwarz sind?» Auf Ottos Stirn bilden sich wütende Falten, doch nur wenige Augenblicke später sind sie wieder verschwunden.

«Hey, Yasmin», sagt Otto, und seine Stimme ist ganz heiser. Im Eingang vom Hinterhof steht ein Mädchen. Sie ist in unserem Alter, so um die achtzehn, trägt schwarze Klamotten und hat ihre dunkelbraunen Haare zu zwei Zöpfen geflochten.

«Komm rein», Otto winkt sie zu sich. Unser Pavel steht von seinem Metallstuhl auf. Natürlich steht unser Pavel von seinem Metallstuhl auf, damit sie sich neben Otto setzen kann.

«Das ist Yasmin», sagt Otto.

«Hallo, Yasmin», sagen wir im Chor, nur Vika macht nicht mit.

«Genau für solche Schlampen brauchen wir den Turm», flüstert sie Marie zu, aber Marie zuckt nur die Schultern.

«Fine ist übrigens bei meiner Mutter, falls es dich interessiert», faucht Vika. Ihr Oberkörper ist leicht nach vorn gerichtet, doch ihr Rücken ist gerade. Die Hände hat sie neben ihrem Körper aufgestützt, ihre Fersen berühren die unteren Holzpaletten. Ein falsches Wort, und sie wird sich auf Otto und diese Yasmin stürzen, um blutige Fetzen aus ihren Leibern zu reißen, da bin ich mir sicher.

«Ist sie doch immer, bei deiner Mutter», sagt Otto ganz ruhig. Seine Hand liegt auf Yasmins Oberschenkel, und er streichelt mit dem Daumen sanft über den schwarzen Jeansstoff. Das Streicheln erzählt, dass sie bereits zusammen im Bett gewesen sind, Otto und Yasmin. Und das versteht auch Vika.

«Fine ist unsere Tochter, also Ottos und meine. Falls es dich interessiert.» Wie Spucke ins Gesicht, so soll der Satz Yasmin treffen. Die Nummer zieht Vika ständig ab. Sobald ein fremdes Mädchen den Hinterhof betritt und sich neben Otto setzt. Richtig funktioniert hat es noch nie.

Yasmin lächelt nur freundlich. «Natürlich weiß sie das», sagt Otto. Wieder verfehlt die Spucke ihr Ziel. Am Ende bleibt nur ein müder Sabberfaden, der von Vikas Mundwinkel hinunter auf ihr T-Shirt fließt, mitten durch ‹Born to win›.

«Fine ist voll niedlich», sagt unser Pavel zu Vika und lehnt sich neben sie an die Mauer. Aber Vika starrt nur schweigend zu Yasmin und Otto. Es ist Winter geworden im Hinterhof. Wir anderen verharren wie beim Stopptanz. Keiner bewegt sich, alle warten darauf, dass jemand die Musik wieder anstellt, und sei es irgendein abgenudelter Gassenhauer.

In dieser Hinsicht ist auf Can Verlass. Can findet selbst im tiefsten Winter und in der tiefsten Dunkelheit die Playtaste. «Will irgendwer ein schwarzes Würstchen? Ich hätte auch noch verkohltes Gemüse.»

«Sag mal, Can, was kannst du eigentlich?», fragt Marvin und kann wieder grinsen.

«In der Tat. Das fragen mich meine Eltern auch ständig. Aber immerhin mache ich nächstes Jahr Abi, im Gegensatz zu dir kleinen Flitzpiepe.»

«Im zweiten Anlauf», kann ich mir nicht verkneifen.

«Ach, Entenarsch», seufzt Can und wiegt den Kopf hin und her. «Das war so klar. Immer den Finger in die Wunde legen.»

Bevor ich darüber nachdenken kann, geht die Tür zum Lager auf, und Leroy schlendert in den Hinterhof.

«Warum ... was machst du denn schon wieder hier?», fragt unser Pavel und schaut nervös zur Lagertür.

«Pause.»

«Wenn dich der Wendthoff erwischt.»

«Der Wendthoff kann mich mal.»

Leroy schaut kurz zu Otto, der mit Yasmin rumknutscht.

Dann geht er zu seinem Bruder und schaut auf den Grill. Es ist vollkommen egal, ob Leroy knutschende Menschen anschaut oder einen schiefen Kugelgrill oder eine Massenkarambolage. Nichts davon spiegelt sich in seinem Gesicht wider. Seine Lippen bilden immer eine schmale Linie, die Mundwinkel neigen sich leicht nach unten, genau wie seine oberen Augenlider. Er ist erst siebzehn, aber manchmal denkt man, er habe schon alles gesehen.

«Die Würstchen sind ja total schwarz», sagt er.

«Das hat Can verbockt», feixt Marvin.

«Ich glaube, das liegt am Grill», gibt Can zurück.

Leroy verschwindet durch die Lagertür und kommt einen kurzen Moment später mit zwei Packungen Würstchen zurück.

Im Hinterhof gibt es kaum Regeln. Will ein Mensch dazugehören, dann muss er im Hinterhof abhängen. Das ist die erste Regel. Und die zweite lautet: Klau nicht im eigenen Penny-Markt. Leroy schert sich nicht um Regeln. Er wird nicht lange bleiben.

«Ich hab übrigens darüber nachgedacht, einen Tanzkurs zu machen», sagt Can und setzt sich auf die Lehne von Ottos Metallstuhl. «So zum Frauenkennenlernen. Salsa vielleicht. Sagt mal, Genossinnen, das finden Frauen doch geil, oder, wenn Männer ihre Hüften bewegen können.»

«Wenn du so tanzt, wie du grillst, dann lass es lieber bleiben», erwidert Otto und schubst Can von seiner Lehne. «Genau», ruft Vika und lacht.

«Na, hören Sie mal, junge Frau.» Can nimmt ihre Hand

und zieht Vika runter von den Holzpaletten. Er legt einen Arm um ihre Hüften und hopst mit ihr über den Hinterhof. Vika kreischt wie ein kleines Mädchen, und ich denke, dass nur ein roter Ballon in ihrer Hand fehlt, und es wäre ein Bild purer Glückseligkeit. Die beiden hopsen immer schneller, bis Vika mit ihrer rechten Hand auf Cans Rücken schlägt und «Ich kann nicht mehr» schreit. Can lässt sie los und greift sich sofort Maries Hand.

«Ich tanz euch alle in Grund und Boden!», brüllt er.

«Marie, pass auf deine Zehen auf», ruft Vika, sie lehnt sich an die Holzpaletten und ringt nach Luft.

Aber Marie muss nicht aufpassen. Marie hat Can fest im Griff, das wissen wir alle. Bevor Can Marie auf die Zehen tritt, hackt er sich seine eigenen ab. So pathetisch ist die Freundschaft zwischen Can und Marie.

Er zieht sie ganz nah zu sich heran und wiegt sie langsam hin und her. Ihre Arme liegen um seinen Hals.

«Du hast hier doch genug Frauen», höre ich Marie sagen.

«Ihr seid mir einfach zu anstrengend», antwortet Can und legt seinen Kopf in den Nacken. «Und wenn hier endlich mal eine fremde Frau auftaucht, dann knutscht sie zwei Sekunden später schon mit Otto rum. Das ist Gift fürs Ego.»

Sie wiegen sich weiter. Ich kann nicht länger erkennen, wer den Impuls gibt. Es ist nur noch ein Gemeinsam.

«Also Salsa.»

«Oder Zumba vielleicht», sagt Can, «Jo und ich, wir wollten zusammen zum Zumba gehen.» Fehler, denke ich, als ich in Maries Gesicht sehe.

«Nur so aus Scheiß, nicht wegen der Frauen, nur aus Scheiß

wollten wir dahin gehen», sagt Can schnell, aber Worte sind nun mal kein Radiergummi.

Marie und Can wiegen sich nicht mehr hin und her. Sie stehen still, und diesmal findet Can die Playtaste nicht.

Ich öffne den Mund, weil ich was sagen will, doch da ruft unser Pavel schon: «Marie, wir haben noch ein Geschenk für dich», und hilft Can hinaus aus der Bewegungslosigkeit. Die gleichen Worte liegen auf meiner Zunge. Ich schlucke sie wieder hinunter. Es kratzt ein wenig im Hals.

«Genau», sagt Can dankbar und nimmt seine Hände von Maries Taille. Er hastet an die Mauer und holt hinter den Holzpaletten einen Liegestuhl hervor, klappt ihn vor Marie auf. Der Stuhl ist mit weiß-rotem Stoff bespannt.

«Von uns allen. Nicht geklaut, sondern käuflich und vollkommen legal erworben», beendet Can seinen Aktionismus und lässt sich auf die Holzpaletten sinken. Er sitzt neben mir. Er sitzt so nah neben mir, dass es sich beinahe wie eine Berührung anfühlt. «Da kannst du den ganzen Sommer drinliegen», jubelt Vika und klatscht in die Hände. Marie klatscht nicht in die Hände. Sie steht einfach da, so wie eben mit Can. Nur ihre Arme, die liegen nicht mehr um seinen Hals. Ihre Arme, die hängen herunter, so wie Arme eben hängen, wenn sie gerade den Halt verloren haben.

«Ich werde ihn suchen», sagt Marie. «Ich werde Jo suchen.»

Alle nicken, als hätten sie nur darauf gewartet, dass Marie diesen Satz ausspricht, als sei es nur eine Frage der Zeit gewesen. Auch ich nicke, dabei habe ich gar nicht darauf gewartet. Seit sechs Monaten ist Jo verschwunden. Er wurde nicht entführt, er wurde nicht verschleppt, er ist einfach abgehauen.

Will ein Mensch dazugehören, dann muss er im Hinterhof abhängen. So lautet die erste Regel. Wenn Jo wieder zu uns gehören will, dann soll er gefälligst zurückkommen. Freiwillig, ohne Suchkommando und ohne Empfangskomitee, ohne Blaskapelle und ohne tränennasse Taschentücher. Ich habe Jo nicht vermisst, keine einzige Sekunde. Aber ich weiß, dass nur ich so empfinde, hier auf dem Hinterhof. Natürlich weiß ich das.

Otto und Yasmin hören mit dem Knutschen auf. Sie stellen sich neben Leroy, Marvin und den kaputten Kugelgrill. Ich, Can und Vika sitzen immer noch auf den Holzpaletten, unser Pavel lehnt neben Vika an der Mauer. Wir haben einen Kreis um den Liegestuhl gebildet, und Marie hält diesen Kreis zusammen.

«Wo willst du ihn suchen?», fragt Vika und setzt eine Sektflasche an ihre Lippen. Die Weißweinflasche ist bereits seit einiger Zeit leer.

«Ich habe seine Postkarten mit den Poststempeln», antwortet Marie. «Irgendwo muss er ja sein. Und ich habe schließlich den ganzen Sommer Zeit.»

«Hast du den Freak aus Jos Haus noch mal gefragt? Diesen Revoluzzer?», fragt Can, und sein Bein ist immer noch so nah an meinem. «Vielleicht hat er irgendwas gehört?»

«Nein, er hätte mir garantiert Bescheid gesagt.»

«Und Jos Vater?»

«Der weiß auch nichts.»

«Meine Mutter ... die hat gerade ihr Auto verkauft.» Unser Pavel bricht den Satz ab und hebt entschuldigend die Hände.

«Ich habe doch gar keinen Führerschein», sagt Marie.

«Marvin könnte eins klauen», schlägt Can vor.

«Klar, könnt ich machen.»

«Und dann?»

«Hätten wir ein Auto.»

«Wir?» Marie zieht die Augenbrauen hoch.

«Ich bin natürlich dabei.» Can lässt sich von den Holzpaletten gleiten und legt Marie seinen Arm um die Schultern. «Was soll ich denn den ganzen Sommer ohne dich abhängen?!»

Wir alle starren auf den Liegestuhl, der so fröhlich gestreift in unserer Mitte steht. Und ich muss plötzlich an all die Kindergeburtstage denken, an immer wieder nach Jerusalem. Doch diesmal ist es anders. Wer sich zuerst auf den Liegestuhl setzt, der ist raus. Wer sich zuerst setzt, der hat verloren, der hat diesen Sommer für immer verloren.

«Ich hätte ein Auto und einen Führerschein.» Ich gucke in die Runde, um herauszufinden, wer das gesagt hat. Und stelle dann fest, dass ich es gewesen bin.

DIE AMPEL schaltet auf Grün. Ich drücke mit dem rechten Fuß das Gaspedal runter, den linken Fuß nehme ich langsam, ganz langsam von der Kupplung. Ein kurzer Ruck. Das Auto abgewürgt, ich könnte kotzen.

«Kann mal passieren», sagt Marie vom Beifahrersitz, und es fehlt nur, dass sie meinen Oberschenkel tätschelt wie Herr Ranswert, mein Fahrlehrer.

«Kann mal passieren, aber doch nicht an jeder verschissenen Ampel», blafft Can und lässt sich gegen den Rücksitz fallen.

Hinter uns hupen die anderen Autos. Ich drehe den Zündschlüssel, drücke wieder das Gaspedal runter, den anderen Fuß ganz langsam von der Kupplung, doch wenn es einmal mies läuft – ein kurzer Ruck und wieder Stillstand. Alles nicht so einfach.

«Oh, Leute. Wenn das schon so anfängt», seufzt Can.

«Stress mich nicht, sonst drehe ich sofort wieder um!», warne ich, denn ich halte das Lenkrad und somit die Macht in den Händen. So funktioniert das doch, auch in jeder dysfunktionalen Familie. Links die Macht, rechts die ausgleichende Kraft, und die auf dem Rücksitz haben gefälligst die Klappe zu halten.

«Umdrehen? Ernsthaft?», Can hält nicht die Klappe. Natürlich hält Can nicht die Klappe, den könnte man in den Kofferraum sperren, gefesselt, geknebelt und sediert, der würde trotzdem nicht still sein. «Du musst nicht umdrehen. Wir sind doch überhaupt noch nicht losgefahren.» Can ist niemals still, alles an ihm redet. «Da, rechts den Fußweg lang, dann bin ich in zwei Minuten auf dem Hinterhof. Umdrehen. Größenwahn, oder was.»

«Can, denk dran», mahnt Marie. Auf Marie ist Verlass. Sie ist die ausgleichende Kraft, immer und überall und auch jetzt und hier.

«Ich sag ja nichts», sagt Can, und ich sehe im Rückspiegel, wie er seine Hände hebt. «Ich hab Zeit. Ich mach jetzt für ein Stündchen die Augen zu, und wer weiß, vielleicht sind wir dann schon in einem anderen Stadtteil. Und wenn nicht, auch egal, ich hab Zeit.»

Wir haben Zeit, einen ganzen Sommer lang, und wir sind erst zehn Minuten unterwegs. Aber die Aufbruchstimmung, tja, die Aufbruchstimmung könnte besser sein. Die Straße langrasen, die Fenster runterkurbeln, das Radio voll aufdrehen und den Song mitgrölen, irgendwie so was, so stellt man sich das doch vor. Stattdessen stehen wir hier, unsere T-Shirts sind schon vollgeschwitzt, das Radio kaputt, die Laune am Boden, insgesamt eine ziemlich würgige Angelegenheit. Can hat die Augen geschlossen und seinen Kopf an das Seitenfenster gelehnt. Doch Can ist niemals still, alles an ihm redet, dafür muss er noch nicht einmal was sagen.

Nach Maries Abschlussparty ist alles ganz schnell gegangen. Unser Pavel hat direkt am nächsten Tag herausgefunden, von welchen Briefzentren die Stempel auf Jos Postkarten stammen. Fulda, Frankfurt, Würzburg, Ulm, Freiburg. Immer weiter nach Süden.

Ich lasse mir von meinem Onkel zeigen, wie man den Corsa volltankt. Dann hole ich meinen roten Rollkoffer aus dem Keller und schleppe ihn in die Wohnung. Den Rollkoffer habe ich zum vorletzten Geburtstag bekommen. ‹Nach dem Abitur wartet die weite Welt auf dich, da musst du gut vorbereitet sein. Eine gute Vorbereitung, jetzt guck nicht so genervt, eine gute Vorbereitung, die ist immer wichtig›, hat mein Vater gesagt, er kann einfach nicht aus seiner Haut, er ist Angestellter einer Rentenversicherung. Meine Mutter auch, aber die redet nicht, sie nickt lieber mit dem Kopf. In der Wohnung reiße ich das Füllmaterial aus dem Koffer, die weite Welt hat ganz schön lange auf mich warten müssen. Und ob sie wirklich auf eine wie mich gewartet hat, Vorbereitung hin oder her, da bin ich mir noch nicht so sicher. Vor einer guten Stunde dann haben wir uns auf dem Hinterhof getroffen. Ich ziehe meinen Rollkoffer über den Asphalt, Marie hat eine Sporttasche über der Schulter und Can nur einen Rucksack in der Hand.

Vika, unser Pavel und Otto warten bereits auf uns.

Auf Vikas Shirt steht ‹not for everybody›, ich schaue auf ihre Speckröllchen und denke, genau. Vika hingegen starrt auf Cans Rucksack und fragt mit zusammengezogenen Augenbrauen: «Mehr nicht?»

«Ich geh doch nicht auf Safari mit Übergepäck.» Can

schwingt seinen Rucksack vor und zurück. «Fünf Unterbuxen, zwei Shirts, eine Zahnbürste. Das Abenteuer, das musst du ja auch riechen können.»

Nun zieht sich Vikas ganzes Gesicht zusammen. «Das ist widerlich.»

«Das ist Rock 'n' Roll. Frag Otto.»

Aber Otto schüttelt nur den Kopf. «Das ist krankes Can-Gefasel.»

«Oder so», grinst Can.

«Du hast ... ich meine, hast du noch nicht mal Deo dabei?», fragt unser Pavel vorsichtig. Can schlägt sich mit der freien Hand gegen die Stirn, «Verdammt. Vergessen», und verschwindet im Penny-Markt.

Otto kickt eine Plastikflasche über den Hinterhof, er ist immer schnell mit anderen Dingen beschäftigt, bleibt nie lange an einem Ort, bei einem Gedanken, bei einem Menschen, Vika kann ein trauriges Lied davon singen, und sie singt es voller Inbrunst, mit immer neuen Strophen. Sie streckt ihr Bein nach der Flasche aus, aber Otto kickt lieber allein. Nur unser Pavel spielt weiterhin brav Abschiedskomitee.

«Wenn ihr wieder da seid ... ich besorge heute Nacht das Holz ... dann steht der Turm. Und Leroy ... Leroy will mir helfen.»

«Ach, Leroy», sagt Marie zweifelnd.

«Doch, der hilft mir. Und er wollte auch tschüs sagen, aber er musste noch ...», unser Pavel bleibt wieder mitten im Satz hängen und nimmt einen neuen Anlauf, «er musste noch so eine Sache machen.»

«So eine Sache.»

«Ist doch ... egal jetzt. Wo wollt ihr denn hin?», wechselt unser Pavel schnell das Thema.

«Nach Freiburg», sage ich nicht ohne Stolz, denn die, die irgendwo hinwollen, sind immer spannender als die, die irgendwo bleiben. «Da wurde die letzte Postkarte abgestempelt, aber das weißt du ja.»

«Nein, zuerst fahren wir nach Münster. Da wohnt seine Mutter», werde ich von Marie korrigiert.

«Echt? Aber die Mutter ... zu der hatte er doch keinen Kontakt.», wundert sich unser Pavel.

«Vielleicht hat sie trotzdem irgendwas von ihm gehört.»

Ich höre dem Gespräch von Marie und unserem Pavel zu und weiß nur, dass ich gar nichts weiß. Warum auch, ich bin ja nur die Fahrerin. Was weiß denn ich schon? Nicht viel und von Jo noch weniger:

Er ist sechzehn Jahre alt, seit einem halben Jahr verschwunden, er trägt Baseballcaps und ist zwei Zentimeter kleiner als Marie, damit hat sie ihn immer aufgezogen, als alles noch gut war zwischen ihnen. Dass irgendwann nicht mehr alles gut war, weiß ich auch, leider zu genau, denn daran hatte ich meinen Anteil. Jo lebte bei seinem Vater, von seiner Mutter weiß ich nichts, bis vorhin habe ich gedacht, sie sei tot. Also nicht tot, sondern Münster.

Jo ist die erste Person gewesen, die mich Entenarsch genannt hat. Das werde ich wohl nicht vergessen, das werde ich immer wissen, und das werde ich ihm auch nie verzeihen.

Leroys kleiner Bruder Marvin kommt in dem Moment auf den Hinterhof gerannt, in dem Can aus der Tür zum Lager tritt.

Marvin kramt ein Dose Pfefferspray aus seinem Rucksack und hält sie Can hin.

«Hier, wenn euch irgendwer doofkommt.»

«Wie überaus gedankenvoll von dir», sagt Can und wuschelt durch Marvins Haare. «Jetzt kann ja nichts mehr schiefgehen. Und du, du passt auf dich auf, und das Messer lässt du in der Tasche, verstanden?» Marvin nickt und wehrt Cans Hand ab, die immer noch durch seine Haare wuschelt.

«Übrigens fragt der neue Wendthoff nach deinem Bruder. Seine Schicht hat vor einer halben Stunde angefangen.»

«Der kommt gleich, kein Plan, musste noch irgendeine Sache machen.»

«Irgendeine Sache», sagt Can.

«Ist doch ... egal jetzt», sagt unser Pavel.

Nachdem Can noch schnell zum Drogeriemarkt gelaufen ist, weil mit Penny-Markt-Deos auf Reisen gehen dann eben doch nicht geht, nachdem Vika Marie umarmt und losgeheult hat, nachdem unser Pavel uns die Hand geschüttelt und eine gute Reise gewünscht hat, nachdem Otto gerufen hat: «Nun haut schon endlich ab!», und nachdem tatsächlich noch Leroy aufgetaucht ist und mit starrer Miene «Tschüs» gemurmelt hat, fahren wir endlich los. Can, Marie und ich.

Inzwischen sind wir zwanzig Minuten unterwegs. Unterwegs trifft es nicht ganz, denn wir stehen mal wieder, an einer grünen Ampel, und ich höre ein leises Knurren vom Rücksitz.

«So, hier musst du gleich links auf die Autobahn», sagt Marie, die immer noch ruhig bleibt und tapfer auf ihr Smartphone und den Routenplan schaut.

«Alles klar», sage ich, ohne viel nachzudenken, denn ich bin zu sehr damit beschäftigt, den Wagen neu zu starten und nicht absaufen zu lassen, deshalb setze ich den Blinker und fahre los, fahre und denke erst dann und bremse.

«Was ist denn jetzt?», Can knurrt nicht mehr, er redet wieder. «Hier ist doch noch nicht mal eine Ampel.»

Ich hole tief Luft, es könnte unangenehm werden, es könnte ein bisschen zwicken, aber da muss ich durch. «Ich fahre nicht auf die Autobahn.» So, jetzt ist es raus. Der Zeitpunkt hätte besser sein können, aber immerhin, jetzt ist es raus.

«Du, das wird schwierig. Wir stehen mitten in der Auffahrt», versucht Marie an meinen gesunden Menschenverstand zu appellieren. Aber bei Autobahnen, da setzt mein Menschenverstand aus, da werde ich zum Tier und verkrieche mich in irgendeiner Höhle, einem Bau oder, wenn es sein muss, in einem Loch.

«Das spielt keine Rolle. Ich fahre keine Autobahn», sage ich und merke, dass ich zu keinen anderen Worten mehr fähig bin, ich werde nur noch diesen einen Satz wiederholen können, bis es endlich vorbei ist, bis wir irgendwie von dieser Auffahrt runtergekommen sind. Ich fahre keine Autobahn. Punkt. Nein. Ausrufezeichen. Drei Ausrufezeichen.

Hinter mir hupen Autos, aber irgendwann stumpft man ja ab.

Ich fahre rechts auf den Standstreifen und setze den Warnblinker. Den habe ich mir an der Tankstelle von meinem Onkel zeigen lassen. Vorbereitung ist alles. Manchmal ist es doch gut, Rentenversicherungsangestellte in der Familie zu haben.

«Ich fahre euch überallhin, aber ich fahre keine Autobahn!!!», sage ich. Ich habe mein Mantra gefunden, und das kann ich jetzt stundenlang so durchziehen.

«Scheiße, Entenarsch. Keine Autobahn, das ist so typisch. Was ist das denn hier? Vollkommen sinnentleert. Vollkommen sinnentleerter Scheißkram ist das hier.»

Can schlägt mit der flachen Hand gegen das Autodach, und Marie zuckt zusammen. Ich bin mir sicher, er würde gerne mit einem Satz aus dem Auto springen, aber mein Corsa ist nur ein Dreitürer. Augen auf bei der Sitzplatzwahl, möchte ich rufen, aber ich kann gerade nicht reden. Ich kann nur nach vorn starren und das Lenkrad festhalten.

Marie dreht sich auf dem Beifahrersitz um und beugt sich an dem Sitz vorbei zu Can.

«Wir können doch ins Navi eingeben, dass wir keine Autobahnen wollen.» Ich höre, wie Can einatmet, aber Marie lässt ihn gar nicht erst zu Wort kommen. «Nein, jetzt hör mal zu. Das ist doch kein Problem. Und wenn sie mehr Routine hat, dann klappt das vielleicht noch mit der Autobahn.»

Es ist immer seltsam, wenn über einen in der dritten Person gesprochen wird, obwohl man anwesend ist. Das macht klein, da hat man gar keine Chance. Aber ich kann das verstehen. Ich fühle mich gerade auch eher wie eine dritte Person und weniger wie ich.

«Marie, die ist doch wirklich –»

«Can, wir haben das besprochen.»

«Ich weiß, schließlich sitz ich hier, oder nicht? Also beruhig dich.»

Noch schlimmer, als in der dritten Person über einen zu reden, wenn man anwesend ist, ist, in der dritten Person über einen zu reden, wenn man nicht anwesend ist und das dann zu erwähnen, wenn man anwesend ist. Natürlich in der dritten Person. Wie auch immer. Ich kann jetzt nicht darüber nachdenken, ich muss das Lenkrad festhalten.

Wenn schon denken, dann an den Liegestuhl. Einen Sommer gemütlich und einsam im Liegestuhl oder einen Sommer voller Abenteuer. Da muss man auch mal was einstecken können, wenn man dabei sein will. Und dabei sein, das ist doch die Hauptsache. Ich bin dabei, keine dritte Person, sondern ich.

«Wir stehen hier in der Auffahrt», Marie will einfach nicht aufgeben, aber natürlich, für sie geht es um etwas, für sie geht es nicht um mich, für sie geht es nicht um die Autobahn, für sie geht es um Jo. «Du musst sowieso auf die Autobahn fahren, das ist doch die einzige Richtung, es geht nur nach vorn.»

«Nein. Ich fahre keine Autobahn!!!»

Ein weißer SUV rast hupend an uns vorbei, dann ein dunkelblauer Kombi und wieder ein SUV. Diesmal ist er rot.

«Aber hier rumzustehen ist auch Mist.» Marie lehnt sich ein wenig zu mir herüber. Aus ihrem Zopf haben sich einige Strähnen gelöst, die ihr nun ins Gesicht hängen wie ein dunkelbrauner Vorhang, so ein Fadenvorhang, der an einer Terrassentür angebracht ist. «Draußen sind über dreißig Grad, und wenn wir hier stehen, kommt überhaupt keine Luft rein. Ich kann schon schwimmen in meinen Klamotten.» Da kann ich Marie nicht widersprechen. Der Corsa ist schon über zehn Jahre alt, ohne Klimaanlage, ohne elektrische Fensterheber, ohne Einparkhilfe, einmal Corsa ohne alles. Auch ich habe das

Gefühl, mit Klamotten in einem aufgeheizten Babyschwimmbecken zu sitzen. Draußen ist herrliches Sommerwetter, das perfekte Wetter für Freibad oder See oder Meer, doch auf einer Autobahnauffahrt ohne Klimaanlage wünscht man sich einfach nur einen wolkenverhangenen Himmel und Nieselregen. Marie hat recht, aber es ändert nichts.

Can redet nicht mehr. Er knurrt auch nicht, es ist inzwischen so eine Art Jaulen.

Im Rückspiegel sehe ich das nächste Auto die Auffahrt hinunterfahren, es ist ein silberner Kleinwagen. Das Auto hält hinter uns und schaltet das Warnblinklicht an. Der Fahrer steigt aus, ein junger Typ mit weit ausgeschnittenem T-Shirt und ausgeprägter Brustmuskulatur, und nähert sich meinem Corsa. Ich frage mich, ob da unser Held auftaucht oder nur eine weitere Eskalationsstufe dieser ohnehin komplett verfahrenen Situation. Der Typ beugt sich vor, um durch das geöffnete Beifahrerfenster ins Auto zu schauen.

«Habt ihr ’ne Panne, oder was?» Der Typ schaut kurz mich an, dann schaut er zu Marie, schaut nicht mehr weg und lächelt.

«Achmad ...», kommt es aus dem hinteren Teil des Autos.

«Ach, Can, gar nicht erkannt dahinten. Was läuft?»

«Nicht viel.»

«Ja, Rücksitz ist immer scheiße.» Der Typ namens Achmad schaut wieder Marie an und lächelt. «Kann ich helfen?»

«Hast du ein paar Wochen Zeit?», Can hat sich vom Rücksitz erhoben und seinen Oberkörper zwischen Fahrer- und Beifahrersitz nach vorn geschoben. Achmad antwortet gar nicht, er lacht nur.

«Dann bring uns wenigstens runter von dieser Auffahrt.»

«Auf die Autobahn, oder was?»

«Nein. Bloß nicht auf die Autobahn», sagt Can schnell.

«Zurück auf die Straße?» Achmad richtet sich auf, schaut mit konzentriertem Blick die Auffahrt hinauf und beobachtet die Autos, die von der Straße abbiegen und die Auffahrt runter auf die Autobahn fahren. Dann schaut er wieder zu uns.

«So viele Autos kommen ja nicht. Das könnten wir schon machen, oder was. Also Can, für dich mach ich das. Da hab ich schon krankeres Zeug zusammengefahren.» Er ist es also, unser Retter, unser Ritter, unser Held, unser Gott aus der Maschine. «Aber das Auto ist nicht kaputt, oder was?»

«Das Auto nicht», seufzt Can und lässt sich wieder auf den Rücksitz plumpsen.

«Alles Fidschi», sagt Achmad und trommelt mit seinen Zeigefingern auf das Autodach, «dann riskieren wir's.»

Ich steige aus und klettere zu Can auf den Rücksitz. Er dreht sich sofort weg von mir und schaut aus dem Fenster. Von seinen Schläfen fließt der Schweiß, das sind keine Bäche mehr, das sind Flüsse, und sein T-Shirt ist so nass, dass es an seiner Haut klebt und ich seinen Bauchnabel erkennen kann.

Achmad setzt sich hinter das Steuer, und für den Moment bin ich froh, dass ein anderer das Lenkrad in Händen hält und ich einfach nur die Klappe halten muss. Achmad schaut in den Rückspiegel, plötzlich gibt er Gas, wendet und rast die Auffahrt hinauf, zurück zur Straße. Ich schließe die Augen und warte auf den Aufprall, auf den Frontalcrash mit irgendeinem SUV, es ist kurz gewesen, das Leben, aber doch irgendwie schön, ich greife nach Cans Hand, aber greife nur Luft, nun gut, sterben muss man eh alleine, und da macht man sich immer um alles so einen Kopf, das war's also.

Das Auto bremst, ich öffne die Augen, und wir stehen am Straßenrand.

«Das war doch kein Problem, oder was.» Achmad dreht sich zu uns um und schüttelt Can die Hand. «Cannyboy, ich hab was gut bei dir.»

«Auf jeden. Und Führerschein, versprochen.»

«Ach, lern einfach Autofahren, dann ist doch alles Fidschi», lacht Achmad und öffnet die Fahrertür.

«Kleiner Spaß. Immer korrekt bleiben.» Er zwinkert Marie zu, dann macht er sich zu Fuß auf, die Auffahrt hinunter, zu seinem Wagen. Autos fahren an ihm vorbei, hupen, ein Fahrer brüllt irgendwas aus dem Fenster, «Hirn geschissen», aber Achmad dreht sich nur lachend zu uns um und winkt.

Jetzt bloß nicht lange überlegen, denke ich mir, nicht lange überlegen, einfach wieder rauf aufs Pony. Ich klappe den Fahrersitz nach vorn und krabbele vom Rücksitz. Bei jedem Käfer sähe das eleganter aus, die stoßen sich auch nicht den Kopf am Rahmen der Fahrertür, aber Hauptsache wieder hinterm Steuer und die Hände nicht zum Himmel, die Hände aufs Lenkrad. Es kann weitergehen. Meine Finger umschließen den Zündschlüssel. «Warte mal», Marie legt ihre Hand auf meinen Unterarm. «Vielleicht sollten wir noch mal rumfragen. Irgendwer hat bestimmt einen Führerschein.»

«Ich bekomme das hin», sage ich und lasse den Zündschlüssel los, damit Marie meinen Unterarm loslässt. «Ich bekomme das hin», wiederhole ich, «nur keine Autobahn.»

«Can?» Marie dreht sich zu Can um.

«Marie, mir ist das gerade vollkommen wumpe, ich brauch Fahrtwind.»

Marie nickt nur noch erschöpft, es ist zu heiß für eine Revolte, sie nimmt die Hand von meinem Unterarm, ich darf weiterfahren.

Wir schweigen. Ein schweres, schweißdurchtränktes Schweigen. Meine Fingerknöchel werden ganz weiß, so sehr umklammern sie jetzt das Lenkrad. Bloß keinen Fehler mehr machen, denke ich und halte an einer roten Ampel. Die Ampel wird grün, Kupplung kommenlassen, gleichzeitig Gas geben, geht doch. An den nächsten fünf Ampeln das gleiche Spiel. Ich habe einen Lauf. Der Fahrtwind kühlt unsere Haut und unsere Gemüter, und nach der zehnten Ampel ohne Zwischenfall findet Can seine Sprache wieder.

«Na ja», sagt er und zieht die Vokale ganz lang. «Wenn es so anfängt, dann kann es doch nur besser werden, oder nicht?»

«Oder was», sage ich

«Alles Fidschi, Cannyboy», sagt Marie.

Und alles ist wieder gut zwischen uns, vielleicht nicht wirklich gut, aber auch keine Katastrophe mehr.

Wir lassen unsere Stadt hinter uns und biegen ab auf die Bundesstraße. Ich beschleunige auf achtzig km/h und habe sie gefunden, meine Wohlfühlreisegeschwindigkeit.

«Den Lkws dabei zusehen, wie sie links an einem vorüberziehn», ruft Can vom Rücksitz gegen den Fahrtwind an. «So werden Abenteuergeschichten geschrieben.»

Ich verstärke den Griff der rechten Hand um das Lenkrad und strecke die linke Hand aus dem Fenster, spüre den Fahrtwind, wie er sich gegen die Handfläche drückt, spreize die Finger und lasse den Wind hindurch.

Warum auch nicht? Warum sollten Abenteuergeschichten nicht genau so geschrieben werden?

Good News. So heißt der Benachrichtigungston, den Can auf seinem Smartphone eingestellt hat. Und wenn es danach ginge, bekäme Can im Minutentakt gute Nachrichten. Und wahrscheinlich ist das auch so, denn meist liest er seine Nachrichten und grinst. Nur ganz selten runzelt er beim Lesen die Stirn oder macht mit seiner Hand eine Wegwerfbewegung. Manchmal macht er auch beides, er grinst und wirft weg. Sein Smartphone piepst. Schon wieder gute Nachrichten.

«Unser Pavel fragt, ob wir schon in Münster sind.» Can rückt in die Mitte der Sitzbank, angeschnallt ist er sowieso nicht, aber das muss er selber wissen, und schaut über Maries Schulter auf ihr Smartphone mit dem Routenplan. «Sagt mal, wo sind wir eigentlich?»

«Kurz vor Oer-Erkenschwick», antwortet Marie.

«Oer-Erkenschwick, ich wollt schon immer wissen, wo genau das liegt. Hat so einen schönen Klang. Oer-Erkenschwick.»

«Oer spricht man aber nicht Oer, sondern Ohr», mische ich mich ein, «wegen dem westfälischen Dehnungs-E. Ich meine des, wegen des westfälischen Dehnungs-Es. Genitiv.»

«Was immer das sein soll», murmelt Can und tippt schon wieder auf dem Smartphone herum.

«Dehnungs-E oder Genitiv?», frage ich.

Can hebt den Kopf. «Gehts nur mir so, oder klingt das irgendwie versaut?»

«Geht nur dir so», seufzt Marie, streckt ihren linken Arm nach hinten und tätschelt Cans Oberschenkel.

«Muss die Hitze sein», sage ich und halte hinter einem Lkw an einer roten Ampel. Rote Ampeln bereiten mir keine Sorgen mehr. So schnell kann das gehen.

Wieder piepst Cans Smartphone. Gute Nachrichten.

«Da klackern dir die Hufe! In Oer-Erkenschwick gibt es einen Erlenweg. Ist das nicht spektakulär? Erlenweg in Erkenschwick.»

«Woher weißt du das?», frage ich und drücke das Gaspedal, lasse die Kupplung kommen. Hat die Welt je so ein geschmeidiges Anfahren gesehen?

«Unser Pavel, der weiß das.» Can lehnt sich weiter vor, und sein Oberkörper füllt nun den Raum zwischen Fahrer- und Beifahrersitz aus. «Vielleicht sollte ich da hinziehen, in den Erlenweg. Und dann werde ich Elektriker. Elektriker aus dem Erlenweg in Erkenschwick. Da hat man es doch geschafft im Leben.»

«Oder Erleuchteter», sage ich, ein bisschen nervös, weil Cans Gesicht so nah an meinem ist. Da ist mir dann immer so, ich weiß nicht wie.

«Erleuchteter ist auch gut. Der wird mein Nachbar. Der Erleuchtete wohnt neben dem Elektriker im Erlenweg in Erkenschwick. Lasst uns da hinfahren.»

«Was?», ich schaue Can an, seine dunklen Wimpern so nah, seine Nase, die ein wenig zu groß ist, so nah, seine Grübchen so nah, Grübchen sollten bei Männern verboten sein, seine Lippen so nah, Can so nah, beim Autofahren eine dumme Idee, der Corsa fährt plötzlich nach rechts, ich blicke schnell wieder nach vorn, der Linienbus hinter mir hupt, ich lenke gegen, zurück auf die Fahrbahn, gerade noch mal gutgegangen.

«Auf die Straße gucken», ruft Marie, «und Oer-Erkenschwick? Ihr spinnt doch.»

«Nur mal kurz den Erlenweg anschauen. Wir fahren doch eh dran vorbei.»

«Can ...»

«Das sind nur ein paar Minuten.» Can legt seinen Kopf an Maries Schulter.

«Du nervst. Voll!», sagt sie. «Ich weiß», sagt er, und dann tippt Marie das neue Ziel in ihr Smartphone.

Der Erlenweg ist eine Sackgasse. Wohnhäuser und Garagen, so wie in tausend anderen Straßen auch, mehr zu sehen gibt es nicht, und ich habe keine Ahnung, was wir erwartet haben.

«Ich werd doch kein Elektriker», stellt Can ernüchtert fest.

Wir fahren durch die Ahornstraße und die Ulmenstraße, aber der Zauber, den Oer-Erkenschwick eben noch in sich trug, der ist verschwunden. Keine Einhörner, keine Zauberbäume, noch nicht einmal ein bisschen Konfetti, wir haben genug gesehen und fahren zurück auf die Bundesstraße.

Marie drückt Can ihr Smartphone in die Hand. «Ich brauche mal 'ne Pause», sie schließt ihre Augen, und ihr Kopf sinkt ein wenig nach unten.

«Ich möchte in keiner Sackgasse wohnen», sagt Can, und da sich Marie gerade abgemeldet hat, kann er nur mich angesprochen haben. Ich brauche eine geistreiche Antwort, oder zumindest witzig, witzig sollte sie sein, damit ich das Gespräch nicht genauso abwürge wie den verdammten Corsa.

«Was ist mit einer Einbahnstraße, möchtest du in einer Einbahnstraße leben?» Kann man ja mal fragen, denke ich, nicht sonderlich geistreich, witzig auch nicht, aber ist doch nicht komplett daneben, die Frage.

«Einbahnstraße ist auch nicht besser.»

Gas geben, Kupplung kommenlassen, die Hoffnung nicht verlieren, es ist nicht vorbei, bis es vorbei ist, es ist nicht vorbei, solange der Motor läuft. «Wenigstens weiß man bei einer Einbahnstraße, in welche Richtung es geht.»

«Auch wieder wahr, das hilft bei absoluter Planlosigkeit», Can zögert kurz, dann lacht er, wirklich, Can lacht, der Motor läuft, «eine Kreuzung wäre da Horror, stell dir mal vor. Oder Kreisverkehr. Wenn du entscheiden musst, welche Ausfahrt. Geht null.»

«Und du fährst jahrelang im Kreis, weil du dich nicht entscheiden kannst.»

«Also ab auf die Überholspur und das Leben auskosten.»

«Ach komm, Klischee.»

«O. k., Standstreifen.»

Jetzt muss ich lachen.

«Sag zehnmal hintereinander Standstreifen.»

«Boah Entenarsch, Standstreifen, nicht Strandsteifen.»

«Schon gut, also Standstreifen.»

«Mit Warnblinklicht.»

«Wenn schon Stillstand, dann bitte mit Hysterie.» Wir kriegen es tatsächlich hin, wir fahren, keine Ampel kann uns stoppen, und wir reden miteinander.

«Momentan bin ich Dauerbaustelle», sagt Can. «Und du so?»

«Ja, das trifft es wohl. Immerhin besser als Fahrbahnverengung.»

«Fahrbahnverengung ist echt mies.»

«So was wie Darmverschluss.»

«Oder Dehnungs-E.»

«Mautstraße», fällt mir noch ein, «da gibt es nichts umsonst.»

«Umgehungsstraße.»

«Umleitung.»

«Alles, nur keine Sackgasse.»

«Verkehrsberuhigte Zone.»

«Das ist eher was fürs Alter. Kreisverkehr.»

«Hatten wir schon.»

«Nein», Can zeigt auf Maries Smartphone. «Im Kreisverkehr musst du gleich die dritte Ausfahrt nehmen.»

Manchmal ist es ganz einfach.

Kreisverkehr folgt auf Kreisverkehr, und jede Ausfahrt aus einem Kreisverkehr bedeutet, dass wir Münster ein Stückchen näher kommen. Die Orte, an denen wir vorbeifahren, haben keine klangvollen Namen mehr, sie heißen einfach nur irgendwie. Sie wecken keine großen Erwartungen, und das schützt uns vor Enttäuschungen. Marie schläft immer noch, und auch ich werde langsam müde. Wir sind erst zwei Stunden unterwegs, und ich frage mich ernsthaft, wie ich das die nächsten Wochen aushalten soll. Von der Hitze habe ich Kopfschmerzen bekommen. ‹Bei diesen Temperaturen ausreichend trinken›, wird man seit Tagen vollgejodelt. Da ist wohl was dran, aber niemand von uns hat an Getränke gedacht. Vorbereitung ist alles, nur ist es dafür zu spät.

Links und rechts von der Straße sind Felder, und ich denke, dass das unserem Pavel gefallen müsste, weil man so weit gucken kann.

«Aufpassen», brüllt Can von hinten, und ich kann gerade noch bremsen, bevor ich mit achtzig Sachen in den nächsten Kreisverkehr brettere.

«Was?», sagt Marie, aus dem Schlaf gerissen und verdattert.

«Da sieht man vor lauter Feldern den Kreisverkehr nicht», nuschele ich vor mich hin.

«Jetzt mal ohne Scheiß, wie bist du bloß an diesen Führerschein gekommen?», fragt Can und gibt Marie ihr Smartphone zurück.

«Keine Ahnung. So wie du an deine Abizulassung», doch da höre ich es wieder knurren, «und der Prüfer ist ein Kumpel von meinem Onkel. Das hat geholfen, schätze ich», schiebe ich deshalb schnell hinterher.

«Bei der Autobahn.»

«Bei der Autobahn und dem ganzen Rest.»

Bis Münster sind es noch fünf Kilometer, und zum Abschluss der ersten Etappe habe ich eine gute Nachricht für Can: «Wenn du glaubst, dass ich katastrophal fahre, dann warte mal, bis ich einparke. Das habe ich überhaupt nicht gelernt.»

ALS WIR an dem Ortsschild von Münster vorbeifahren, möchte ich beide Fäuste in die Luft recken, möchte ich jubelnden Menschen am Straßenrand zuwinken, möchte ich Pyrospektakel und schreien vor Glück. Beim Sport ist es doch auch so. Da fragt irgendwann keiner mehr, wie du gewonnen hast, wichtig ist nur der Pokal im Regal oder die Medaille an der Wand. Schön verlieren bringt keinem was, und heute gehöre ich endlich mal zu den Gewinnern. Wen interessieren da noch Autobahnauffahrten oder rote Ampeln? Ich habe Marie, Can und mich an unser Etappenziel gebracht, und ich versuche mich daran zu erinnern, wann ich das letzte Mal so stolz auf mich gewesen bin. Abi, mit durchschnittlichem Durchschnitt, Führerschein, sicher nicht, und davor lange nichts, in ferner Vergangenheit eine Siegerurkunde bei den Bundesjugendspielen, ein zweiter Platz beim Vorlesewettbewerb, ein Blockflötenkonzert, meine Geburt, mir fällt nichts ein, es muss lange her sein, vielleicht noch nie.

«Wir sind da», stelle ich fest, und statt jubelnder Massen klopft mir Can auf die Schulter, und Marie sagt: «Da vorn, da müssen wir links.»

Wir fahren auf einen großen Parkplatz. Hier ist Einparken

kein Problem, nur vereinzelt ein paar Autos, das bekomme selbst ich hin. Der Parkplatz gehört zu einem Penny-Markt, und da wundere ich mich schon.

«Arbeitet Jos Mutter auch bei Penny?», frage ich, kann ja sein, eine Art Familientradition, so wie bei meinen Eltern und Großeltern die Versicherungen. Mein Opa ist damals von Tür zu Tür gegangen, hat über Unglück, Unheil, Ungemach geredet und der einsamen Hausfrau Angebote für Hausrat- und Haftpflichtversicherungen auf den Tisch gelegt. Genauso hat er meine Oma kennengelernt. ‹Ach Mädchen›, sagt sie immer, ‹was war ich nur für ein verunsichertes Menschenkind, bevor ich deinen Opa getroffen habe.›

«Jos Mutter? Nein. Oder vielleicht doch. Kann ja sein, so ein Familiending», sagt Can. «Ich besorg uns erst mal einen Pennplatz.» Ich schaue auf die Uhr, es ist früher Abend. Can steigt aus, und ich gucke Marie an, die immer noch müde aussieht, und da macht Cans Suche nach einem Pennplatz plötzlich mehr Sinn.

«Zu Jos Mutter wollen wir morgen», sagt Marie und steigt auch aus. Immer diejenige zu sein, die nicht Bescheid weiß, fühlt sich blöd an, aber alleine im Auto zu sitzen fühlt sich nicht weniger blöd an, also folge ich den beiden durch die automatische Schiebetür in den Penny-Markt. Hier sieht es so aus wie bei uns, vielleicht ein bisschen heller und freundlicher, vielleicht bilde ich mir das aber auch nur ein. Im Gang mit den Frühstücksflocken räumt eine Frau mit blonden Haaren und rotem Penny-Shirt gerade Packungen mit Choc Blops ins Regal. Ich habe nicht nur Durst, ich habe auch Hunger. Und ich muss auf die Toilette.

«Bist du hier Aushilfe?», kommt Can direkt zum Punkt.

«Nein», sagt die Frau ein wenig verwirrt. «Vollzeit.»

«Und wo sind die Aushilfen?»

«Dahinten», sagt sie, immer noch verwirrt, «bei den Erbsen.»

Einmal links, dann noch mal rechts, und schon sind wir im Gang mit den Konservendosen. Ein junger Mann hockt vor dem Regal, wir sehen nur seinen Rücken und das hellbraune Haar, und ich denke, dass das jetzt auch Jo sein könnte, dann wäre unsere Reise schon zu Ende, und ich weiß gar nicht, wie ich das fände. Can tippt dem jungen Typen auf den Rücken, und der dreht sich erschrocken um.

Es ist nicht Jo, und ich bin erleichtert. Er ist größer als er und einige Jahre älter und mindestens dreißig Kilo schwerer und Bartträger. Von vorn betrachtet, hat er überhaupt keine Ähnlichkeit mehr mit Jo.

«Du bist die Aushilfe, oder?», fragt Can und wartet gar nicht erst die Antwort ab, «wir nämlich auch, und wir brauchen einen Platz zum Schlafen.»

«Ich verstehe nicht», sagt der Typ, und wer will es ihm verdenken.

«Wir sind auch Aushilfen beim Penny-Markt», sagt Can betont langsam. «In einer Stadt jenseits von Oer-Erkenschwick. Und wir brauchen heute einen Platz zum Pennen. Du verstehst, das Wort mit S, Solidarität, die würden wir uns jetzt wünschen. Und zwar von dir. Solidarität.» Und nach einer kurzen Pause: «Bitte.»

Der Typ schaut uns der Reihe nach an und kratzt sich am Hinterkopf. Dann schaut er an uns vorbei, den Gang entlang.

Sein Blick scheint jede Dose einzeln abzutasten, während er sich weiter am Hinterkopf kratzt. Grüne Bohnen, Kidneybohnen, Mais, Champignons dritter Wahl. Und dann weiter zu den Gläsern. Rote Bete, Spargel, Perlzwiebeln, Wachsbohnen.

«Verstehe», sagt er endlich, «die Erbsen, die sind überall gleich.»

«Wir können also bei dir pennen?», fragt Can und streckt dem Typen seine Hand entgegen. Und das sind die kleinen Wunder. Die Momente, in denen man an das Leben und an die Menschen glauben kann und dass alles irgendwann gut wird, denn der Typ nickt mit dem Kopf und schüttelt Cans Hand. «Kriegen wir hin», sagt er, «aber ich habe wenig Platz. Und ich will nach Feierabend noch an den See.»

Can lässt die Hand von dem Typen los und umarmt ihn ganz fest. «Wo immer du hinwillst, in den Kampf, Genosse, oder an den See, wir sind an deiner Seite.»

Als Can ihn endlich loslässt, schaut der Typ irritiert an seinem T-Shirt hinunter, auf dem nun ein dunkler Fleck zu sehen ist. Das gesamte Universum besteht auf einmal nur noch aus einem riesigen Schweißabdruck.

«Och nö, nicht wirklich», rettet uns Marie. «Du bist so nett zu uns, und der Can schwitzt dir das ganze T-Shirt voll.»

«Nicht schlimm», schmunzelt der Typ. «Wir sind doch Brüder im Schweiße. Ich bin übrigens Matthes.»

Marie gibt ihm die Hand und sagt: «Marie.»

Nun sind alle Blicke auf mich gerichtet. Ich wische mir schnell die Hand an meiner Hose trocken, meine nasse Hand soll es jetzt nicht versauen, der Tropfen, der das Fass zum

Überlaufen bringt, könnte auch ein Schweißtropfen sein, man weiß ja nie. Ich stelle mich vor und frage sofort: «Wo ist denn hier die Toilette?»

«Rechts hinter der Gemüseabteilung durch die Tür. Neben der Toilette ist der Pausenraum. Mit Fernseher. Da könnt ihr auf mich warten.»

«Wir warten im Hinterhof auf dich», antworte ich da nur.

Bevor ich auf die Toilette verschwinde, mache ich noch einen kurzen Umweg zu den Choc Blops und bezahle sie an der Kasse bei der blonden Frau, der Verwirrten.

Der Hinterhof ist nicht so schön wie unserer. Er ist einfach nur ein Hinterhof. Die Holzpaletten sind gegen die Mauern gelehnt, man kann sich noch nicht einmal draufsetzen.

«Hier hätte unser Pavel einiges zu tun», murmelt Can.

Wir stapeln ein paar Paletten aufeinander, setzen uns und essen Choc Blops. Manchmal greifen Can und ich gleichzeitig in die Packung, dann berühren sich unsere Hände. Marie wirkt nicht mehr so müde. Sie lacht laut und macht Fotos von Cans durchgeschwitztem T-Shirt. Unter ihren Augen sind immer noch dunkle Ringe, aber vielleicht waren die schon vor unserer Reise da, und ich habe sie nur nicht gesehen.

«Die Fotos schicke ich an die Hinterhof-Gruppe. Dann habt ihr die auch sofort», sagt Marie, und ich weiß ja, dass sie es nicht böse meint, aber es tut trotzdem weh. Jo hat die Gruppe eingerichtet, kurz nachdem der Penny-Markt eröffnet hatte und wir als Aushilfen eingestellt worden sind.

«Mach mal», hat Can ihm damals gesagt, anderthalb Jahre ist das jetzt her, und alle Aushilfen wurden in die Gruppe eingeladen, nur ich, ich hatte kein Smartphone, und als ich endlich eins hatte, da war es irgendwie zu spät, da war ich schon für alle Entenarsch.

«Bin nicht in der Hinterhof-Gruppe.» Ich stopfe mir schnell eine Handvoll Choc Blops in den Mund, damit der Satz ganz beiläufig klingt, so eben mal dahingesagt zwischen zwei Händen voll Choc Blops.

«Nicht?», fragt Marie, und sie klingt tatsächlich überrascht. «Ich dachte, du wärst inzwischen drin.» Ich stopfe mir eine weitere Handvoll Choc Blops in den Mund und schüttele den Kopf.

«Kein Ding. Dann schreibe ich Vika, dass sie dich einladen soll. Sie macht Admin, seit Jo weg ist.»

Ich weiß nicht, was ich darauf sagen soll, deshalb sage ich lieber nichts und esse weiter Choc Blops.

«Verschluck dich nicht», sagt Can und nimmt mir die Packung aus den Händen.

Smile. Das ist mein Benachrichtigungston. Ich kann nicht anders, ich muss lächeln. ‹Vika hat dich hinzugefügt›. Will ein Mensch im Hinterhof dazugehören, dann muss er in der Hinterhof-Gruppe sein.

Wir hängen schon seit einer Stunde auf dem Hinterhof ab, aber Matthes ist immer noch nicht aufgetaucht. Die Packung mit den Choc Blops liegt leer am Boden, und Cans T-Shirt ist fast wieder trocken. Die Zeit dehnt sich, wir hängen nicht mehr ab, wir warten, und Warten ist so eine Sache, man wartet ja nicht, weil das Warten an sich so toll ist, weil es so großen Spaß macht, noch nie habe ich in ein Freundschaftsbuch geschrieben ‹Lieblingshobby: Warten›, sowieso habe ich nur in wenige Freundschaftsbücher geschrieben, aber zurück zum Warten, man wartet immer auf irgendwas anderes, Warten ist die Lücke zwischen dem Jetzt und dem Anderen, und wenn man wartet, dann stellt sich früher oder später die Frage nach dem Sinn.

«Was machen wir eigentlich hier?», frage ich.

«Wir warten auf Matthes,», sagt Can, der inzwischen quer auf den Paletten liegt.

«Schon klar. Aber ich meine, in Münster. Was machen wir in Münster? Warum fahren wir zu Jos Mutter, wenn die doch eh keinen Kontakt mehr haben?»

«Vielleicht hat sie trotzdem was gehört», antwortet Marie und löst aus ihren Haaren eine weitere Strähne, um daraus einen schmalen Zopf zu flechten.

«Warum fahren wir nicht direkt nach Freiburg, wenn dort die letzte Karte abgestempelt wurde?», hake ich nach. «Das würde doch mehr Sinn ergeben. Wäre doch irgendwie effizienter, oder nicht?»

«Weil es so nicht funktioniert.» Can richtet seinen Oberkörper auf. «Wenn wir Jo finden wollen, müssen wir am Anfang der Geschichte beginnen. Und am Anfang steht immer die Mutter.»

«Ich verstehe», sage ich, aber verstehe nicht so richtig, und wer will es mir verdenken.

Die Tür zum Lager öffnet sich, doch es ist nicht Matthes, sondern ein Mann mit Hemd und Krawatte. Wahrscheinlich ist es der Filialleiter. Filialleiter sind vor gar nichts fies, auch nicht vor Hemd und Krawatte bei dreißig Grad im Schatten.

«Hallo, Herr Wendthoff», ruft Can.

Der Filialleiter runzelt die Stirn. «Wer seid ihr?»

«Freunde von Matthes», sagt Marie, «wir wollen zusammen an den See.»

Der Mann schaut an uns rauf und schaut an uns runter, und ich befürchte, dass wir einen absolut abgerockten Anblick bieten. Da rettet uns selbst Maries Lächeln nicht mehr. Ich rutsche von den Holzpaletten, weil ich genau weiß, was jetzt kommt.

«Das ist Privatgelände», sagt der Wendthoff aus Münster.

«Wir sitzen doch nur», startet Can einen letzten, eher halbherzigen Versuch.

«Ihr verlasst sofort den Hof.» Mit ausgestrecktem Arm und Zeigefinger deutet der Mann auf das Tor zur Straße, doch dann sieht er die leere Packung am Boden.

«Was ist mit den Choc Blops?»

«Waren lecker», sagen Marie und Can gleichzeitig.

«Ob ihr die geklaut habt, will ich wissen», poltert er nun los.

«Nein, die habe ich bezahlt», sage ich schnell, «bei der blonden Frau.» Ich schwenke den Kassenbon hin und her wie eine weiße Fahne, und wir trollen uns durch das Tor.

«Diese Wendthoffs sind überall gleich», stöhnt Can.

Wir lassen ein paar Minuten verstreichen, bis der Wendthoff wieder im Lager verschwunden ist und bis wir sicher sind, dass er nicht mehr hinter der Tür auf uns lauert. Dann gehen wir zurück zu den Holzpaletten.

«Matthes, mein Freund, ihr müsst dringend was mit eurem Hinterhof machen», sagt Can wenige Minuten später, als Matthes endlich Feierabend hat.

Wir stellen das Auto vor der Wohnung von Matthes ab, das Einparken übernimmt er, vom Bürgersteig aus betrachtet, sieht es ganz leicht aus. Wir bringen unsere Klamotten in seine Wohnung, ziehen uns schnell frische Shirts an, und ich beobachte Can dabei, wie er mit sorgenvoller Miene das letzte T-Shirt in seinem Rucksack betrachtet.

Der See liegt zentral in der Stadt. Er ist viel größer als der See in unserem Viertel. Die Häuser sind hübscher. Auf den Balkonen und Dachterrassen sehe ich gut gekleidete Menschen mit Weingläsern. Und überall Fahrräder. Einfach überall. Fahrräder, auf denen Menschen ohne Fahrradhelme sitzen. Frei und ohne Angst, so scheint es. Der Frühling hängt noch in den Köpfen und Herzen, doch das Leben, es ist gnadenlos und geht weiter, und nun ist Sommer in Münster. Auf den Wiesen sitzen Menschen, sie reden, lachen, trinken, grillen und bilden Grüppchen um Musikboxen und Smartphonelautsprecher. Hip-Hop, Metal, Soul, Schlager, alles darf gleichzeitig sein. Es ist ein Abend im Frieden.

Wir setzen uns zu Matthes' Freunden. Auf ihrem Grill liegen Würstchen, und aus ihren Smartphonelautsprechern jault ein Gitarrensolo. Die Jungs tragen wahlweise Bart oder Metallica-Shirt, Matthes ist der Einzige, der beides trägt. Die Mädels tragen entweder Lippenpiercing oder Tunnel, nur eine trägt beides, und das ist die Freundin von Matthes.

«Dori», stellt sie sich vor.

«Eigentlich heißt sie Dörte», sagt Matthes, «aber so darf sie keiner nennen.»

«Ich darf auch nicht Matthäus zu dir sagen.» Dori zieht sanft an seinem Bart.

«Matthäus, das klingt doch irgendwie schön», sagt Marie.

«Es hätte schlimmer kommen können», ruft ein bärtiger Freund und reicht Matthes eine Bierflasche.

«Echt, wie denn?», wollen Marie und ich wissen.

«Lothar», ruft der Bärtige, und alle lachen. «Eigentlich sollte er Lothar heißen.»

«Sagt mal, wieso werden eure Würstchen nicht schwarz?», fragt Can dazwischen.

«Vergiss die Würstchen», sagt Marie, «wir wollen wissen, warum Matthes nicht Lothar heißt.»

«Danke, Dori.» Matthes verdreht die Augen. «Das bekommst du zurück.» Er nimmt einen großen Schluck aus der Bierflasche, doch dann legt er seinen Arm um Doris Schultern und erzählt. «Eigentlich ist es ganz einfach. Mein Opa war ein großer Fußballfan, und als wir 1990 Weltmeister geworden sind, hat er lauthals verkündet, dass sein erster Enkel Lothar Matthäus heißen soll. Einen Monat vor meiner Geburt ist mein Opa gestorben, und das war leider kurz vor der WM 1994. Meine Eltern mussten an seinen Wunsch denken, ist ja auch verständlich, die konnten gar nicht anders. Aber Lothar Matthäus war meinen Eltern dann doch zu krass, deshalb ist es nur der Matthäus geworden.»

«Schon absurd», sage ich, «dass man sich seinen Namen nicht selbst aussuchen kann.»

«Ansichtssache.» Matthes reicht mir seine Bierflasche. «Gibt dir das Leben Matthäus, dann mach halt Matthes draus.»

Oder wie unser Pavel sagen würde: ‹Wenn uns das Leben keine Zitronen gibt, dann … du weißt schon … dann trinken wir Orangenlimonade.›

Can interessiert sich nicht für Lothar Matthäus, seit einigen Wochen braucht man ihm gar nicht mehr mit Fußball zu kommen, er steht neben dem Grill und redet mit einer zierlichen Dunkelhaarigen, die lacht und dabei die Würstchen wendet. Ich versuche nicht hinzuschauen, versuche sie nicht anzuschauen, Can und diese Fremde mit Puppengesicht. Aber als die beiden Matthes die Grillzange in die Hand drücken und verschwinden, da lässt mich das doch nicht kalt.

«Es tut mir leid, dass ich gerade so bin», sagt Marie und gibt mir eine Weißweinflasche. Keine Ahnung, wo sie die herbekommen hat, und keine Ahnung, was sie mir sagen will. Ich trinke einfach und frage dann: «Wie bist du denn gerade?»

«So ungeduldig, genervt, so schlecht gelaunt. Ich kann mich gerade selbst nicht ausstehen.»

«Ach», mehr fällt mir gar nicht ein, so perplex bin ich. Müde ja, das ist sie gewesen, ein müder Glanz, aber immer noch Marie, unsere Hoffnung auf eine bessere Welt. Einmal mit schlechter Laune so beherrscht sein wie Marie, das wünsche ich mir. Oder auch nicht. Beherrscht sein. Vielleicht ist das auch ein Problem. Beherrscht sein. Wer will das schon? Beherrscht sein.

«Ich habe echt Schiss, weißt du.» Marie nimmt sich die Flasche zurück. Dafür habe ich plötzlich ein Bier in der Hand. Schlaraffenland, dieses Münster. «Seit über einem Monat hat Jo mir nicht mehr geschrieben, nicht mal an meinem Geburtstag.» Sie schaut mich an und holt tief Luft. «Was, wenn er sich was angetan hat?»

«Wie kommst du denn auf den Stuss?» Ich stelle die Bierflasche auf den Boden, weil ich nicht so richtig weiß, was ich sagen oder tun soll. «Wenn er sich nicht meldet, dann gibt es dafür bestimmt eine Erklärung. Vielleicht hat er eine neue Freundin. Halt mal, Quatsch, vergiss es, hat er nicht. Bestimmt hat er viel zu tun. Mit irgendwas.»

Marie sieht mich zweifelnd an. «Ich weiß nicht.» Und wenn wir jetzt nicht in Münster wären, sondern irgendwo anders, in unserer Stadt, auf dem Hinterhof, dann würde sie sich wahrscheinlich wegdrehen und mit Vika oder unserem Pavel reden, aber jetzt sind wir hier, und jetzt gerade, da kennt sie nur mich.

«Er hat schon öfter», sagt Marie, «also er wollte sich nicht umbringen oder so, aber er hat sich immer wieder ... du weißt schon.»

«Seine Hände», sage ich, weil mir die Mullbinden einfallen, die ständig um Jos Hand gewickelt waren.

«Mit einem Feuerzeug. Das hatte er immer dabei.»

So langsam begreife ich, dass es auf dieser Reise um viel mehr geht als um den Liegestuhl oder irgendwelche Abenteuer.

«Deshalb ist Can mitgekommen, weil er nicht will, dass ich alleine bin, falls – und deshalb bin ich so ungeduldig. Weil ich Angst habe, dass uns die Zeit davonrennt.»

«Ich kann hundert fahren», sage ich, weil ich Marie so gerne helfen möchte und es das Einzige ist, das mir in den Sinn kommt, das Einzige, das ich für sie tun kann. «Ich kann hundert fahren. Das schaffe ich bestimmt.»

Ich könnte ihr noch erklären, warum das mit der Autobahnauffahrt nicht geht. Rückspiegel, Seitenspiegel, vorne, hinten, Seite, Schulterblick, Geschwindigkeit, alles muss man unter

Kontrolle haben, und das habe ich doch nie. Aber ich lasse es bleiben und wiederhole einfach nur ein weiteres Mal: «Hundert, das schaffe ich.»

«Das ist lieb von dir.» Marie streicht mir kurz über den Oberarm. «Sowieso, dass du uns fährst. Ihr seid ja keine Freunde gewesen. Jo und du.»

Ich denke an Jo, wie er mürrisch Erbsendose auf Erbsendose stellt. Es ist irgendein Nachmittag an irgendeinem Tag vor über einem Jahr. Der alte Wendthoff hat mich für die Kasse eingeteilt, aber dann habe ich Jo bei den Gemüsekonserven hocken sehen und bin hingegangen. Bisschen quatschen, habe ich mir gedacht.

«Komisch, dass Can immer hier rumhängt, oder?», frage ich, weil ich neugierig bin. «Meinste, der ist verknallt?», frage ich, weil ich neugierig bin und weil Jo Cans Kumpel ist.

«In dich?» Jo stellt weiter Erbsendose auf Erbsendose, guckt mich noch nicht mal an.

«Quatsch. In Marie. Die hat doch in einer halben Stunde Schicht.»

Damals wusste ich ja noch nicht, dass Jo in Marie verliebt war. Vielleicht habe ich was geahnt. Vielleicht habe ich es auch deshalb gesagt. Um zu sehen, wie er reagiert. So genau weiß ich es nicht mehr. Ich wünschte mir nur, ich wäre damals einfach zur Kasse gegangen und hätte Jo mit seinen verdammten Gemüsekonserven alleine gelassen. Habe ich aber nicht.

«Wen interessiert's», pöbelt Jo mich an. Und nennt zum ersten Mal meinen neuen Namen. «Entenarsch.»

Nein, wir sind keine Freunde gewesen, werden wir auch niemals sein, aber das spielt momentan keine Rolle.

«Wir finden ihn, und dann wird alles gut», entscheide ich, weil ich selbst daran glauben will.

«Und wenn nicht?»

Dann weiß ich auch nicht weiter. Wahrscheinlich sollte ich Marie in den Arm nehmen, irgendwie trösten, aber ich bin einfach nicht gut in so was.

«Was hat er dir eigentlich geschrieben?», frage ich stattdessen und warte darauf, dass Marie ‹Das geht dich gar nichts an› sagt, aber Marie sagt nichts, sie zieht eine Postkarte aus der Gesäßtasche ihrer Shorts und legt sie auf mein Knie. Auf der Vorderseite ist eine einfache Strichzeichnung, ein Mädchen, das eine Krone trägt. Auf der Rückseite steht:

Marie / du wunderschöne / Königin der Erbsen /
ich denk an dich / Jo

«Das ist ein Elfchen», Marie lächelt. «In der ersten Zeile steht ein Wort, in der zweiten zwei, in der dritten drei, in der vierten vier und in der letzten Zeile wieder nur ein Wort.»

«Ich kenne Elfchen», sage ich und verkneife mir gerade noch ‹aus der Grundschule›. Jo schreibt also Elfchen. Ich weiß wirklich gar nichts über ihn.

«Schön», sage ich, und irgendwie meine ich das auch. Ich gebe Marie die Postkarte zurück. Sie streichelt kurz über Jos Worte, bevor sie die Karte wieder in ihre Tasche steckt.

Und dann wollen wir nicht mehr reden, wollen nicht mehr denken.

«Bei diesen Temperaturen immer ausreichend trinken», sage ich, und schon reicht mir Matthes ein neues Bier.

Wann genau Can und das Puppengesicht zurückkehren, bekomme ich gar nicht mit.

«Na», höre ich Marie irgendwann sagen, und da sehe ich, dass Can vor uns steht, «Grillrezepte ausgetauscht?»

«Keine Sorge, nur was geraucht», grinst er. «Na ja, sie wollte knutschen, aber ich bin nicht so einer.»

«Ist klar», lacht Marie. «Wie hast du es denn versemmelt?»

«Kein Kondom dabei.»

«Ach Cannyboy!» Marie seufzt. «Für ein Abenteuer braucht man nur fünf Unterbuchsen, eine Zahnbürste ...»

«Und Kondome, schon klar.» Can lässt sich zwischen Marie und mich auf das Gras fallen. «Aber wir sind schließlich nicht zum Vögeln hier», sagt er, und sein Bein berührt meines. Mit dem Kopf voller Bier, da kann ich ehrlich zu mir selber sein, da weiß ich, dass es mir nicht darum geht, dabei zu sein, natürlich geht es mir darum, aber nicht nur, es geht mir nicht darum, Jos Leben zu retten, obwohl das sehr nobel von mir wäre. Es geht mir um das hier, es geht mir um Can und seine Nähe, es geht mir um Can und mich. Und wenn das Puppengesicht noch einmal auftaucht, dann bringe ich sie um.

Als wir mitten in der Nacht in Matthes' Wohnung kommen, torkelt Can direkt ins Bad und legt sich in die Badewanne.

«Vergiss es.» Marie nimmt Cans Hand und zieht ihn wieder hoch. «Wenn ich pullern muss, dann guckst du mir nicht dabei zu.»

«Och, komm schon», murrt Can. «ich mach auch die Augen zu.»

«Dann hörst du es trotzdem», bleibt Marie unerbittlich, «und das hält unsere Freundschaft nicht aus.»

Can murrt noch ein wenig weiter, dann steigt er aus der Wanne und schlurft in das Zimmer. Das Zimmer ist eigentlich die Wohnung. Das Zimmer und die Badewanne, mehr gibt es nicht. In dem Zimmer liegt eine Matratze, auf der sich Matthes schon eingerollt hat. Dori ist nicht mitgekommen, «das wird mir zu voll», hat sie gesagt. Neben der Matratze verbirgt sich unter schmutzigem Geschirr ein Küchenblock mit einer kleinen Spüle und zwei Kochplatten. Und in der Mitte des Zimmers liegt ein Flickenteppich, auf dem ein Tisch mit zwei Stühlen steht. Marie und Can tragen den Tisch durch das Zimmer, ich schaue ihnen dabei zu und schwanke ein wenig hin und her. Can und Marie stellen den Tisch an die Wand, nun verstehe ich endlich den tieferen Sinn, wir legen uns nebeneinander auf den Teppich, als Kopfkissen haben wir Pullover, Matthes' Kleiderschrank ist eine Umzugskiste, und nun streiten wir uns nur noch um seine Wolldecke. «Schnauze», brummt Matthes von der Matratze, «sonst schmeiß ich euch raus. Da scheiß ich auf Solidarität, wenn ich nicht pennen kann.» Ich halte meinen Zipfel Wolldecke ganz fest, und bald höre ich Matthes' leises Schnarchen und die tiefen Atemzüge von Marie, die neben mir liegt.

Zum Frühstück gibt es lauwarme Fanta und Fladenbrot mit Ketchup.

«Matthes, du muss echt mal spülen», motze ich, als ich mir ein Glas vom Küchenblock nehme und darin eine klebrige Masse entdecke, auf der sich Schimmel gebildet hat. «Und meine Nase ist komplett zu, bestimmt von dem ganzen Staub hier.» Matthes schaut mich an, schaut wie ein bärtiges Erdmännchen, das gerade aus seinem Bau kommt und feststellen muss, dass seine Kollegen nicht wie verabredet Wache halten und da nun eine Gruppe Touristen mit ihren Smartphones steht, und wenn man keine Smartphones kennt, dann werden Smartphones schnell zu Waffen und Touristen zu Jägern, und dann guckt man als Erdmännchen ganz erschrocken, dann guckt man genauso wie Matthes gerade. Und da erschrecke ich mich auch.

«Matthes, danke für deine phänomenale Gastfreundschaft. Das war es, schätz ich mal, was sie sagen wollte.» Can legt Matthes einen Arm um die Schultern und krault seinen Oberarm. Das scheint Matthes zu beruhigen, zumindest entspannt sich sein Gesicht wieder.

«Ja, genau, wollte ich sagen. Danke, wollte ich sagen. Ist nur irgendwie falsch rausgekommen», murmele ich, setze mich schnell auf einen Stuhl und tunke Fladenbrot in den Ketchup.

«Ich penne eigentlich immer bei Dori, aber die wohnt noch bei ihren Eltern, da konnte ich euch schlecht mit hinnehmen», entschuldigt sich Matthes nun, und ich fühle mich noch schlechter, tunke das Fladenbrot noch tiefer in den Ketchup.

«Sag mal, Matthes, du hast nicht zufällig ein paar alte T-Shirts für mich?», wechselt Can das Thema, und ich kann endlich das Brot aus der Tunke befreien, nur essen will ich es jetzt nicht mehr, wegwerfen kann ich es auch nicht, wie sähe das denn wieder aus, also halte ich es fest und schaue dem Ketchup dabei zu, wie er von der Brotkruste über meinen Daumen fließt.

«T-Shirts? Was ist denn mit dem Geruch des Abenteuers?», fragt Marie, die aus dem Badezimmer kommt und ihre nassen Haare mit einem Handtuch bearbeitet.

«Riechen soll man, aber nicht stinken.» Can nimmt mir das Fladenbrot aus der Hand und schiebt es sich in den Mund. «Gestern wollt ich vor mir selber wegrennen, so gestunken hab ich.» Kurios, denke ich, wie zwischen all dem Ketchup noch Worte hervorkommen können. Can kaut und kämpft, er schluckt und triumphiert und wischt sich mit lässiger Geste die Reste vom besiegten Ketchup aus den Mundwinkeln. «Ganz ehrlich, ich hätt nie gedacht, dass ich zu solchen Ausdünstungen fähig bin. Ich war kurz davor, mich bei euch beiden zu entschuldigen, aber dann dacht ich mir, ihr stinkt ja genauso.»

«Ich stinke nicht!», kreischt Marie und schlägt Can mit dem Handtuch.

«Hallo? Gestern im Auto?», lacht Can und weicht den Handtuchschlägen aus. «Du bist doch ins Koma gefallen von deinem eigenen Gestank.»

«Ich habe geschlafen.»

«Die einen sagen so, die anderen so. Egal jetzt, ich brauch T-Shirts.»

«Und Kondome.»

«Lady Gaga.»

Matthes steht vor seiner Umzugskiste und hält ein T-Shirt in die Höhe. Auf der gesamten Vorderseite prankt ein Schwarz-Weiß-Porträt der Sängerin.

«Meine Exfreundin war Riesenfan von Lady Gaga.»

Matthes reicht Can das T-Shirt und holt noch drei weitere

aus der Kiste. Auf einem trägt Lady Gaga Bart, auf dem anderen trägt sie nicht viel, nur eine Jacke, auf der ‹Born this way› steht, und auf dem dritten T-Shirt trägt sie einen pinken Hut, und das war's. «Ich schenke sie dir.»

«Danke, Mann», Can hält sich das T-Shirt mit dem Porträt vor den Oberkörper. «Kann ich tragen, würd ich sagen.»

«Definitiv», bestätigt Marie und beißt sich auf die Unterlippe.

«Ziemlich groß», sage ich und stelle mich zwischen Can und Marie.

«Deins doch auch», sagt er mit einem kurzen Seitenblick auf mein geblümtes T-Shirt. Es ist mir drei Nummern zu groß, aber es bedeckt meinen Hintern, und das beruhigt.

«Das waren ihre Nachthemden.» Matthes wirft einen letzten Blick auf die T-Shirts, bevor er sie Can reicht. «Man könnte sagen, und das trifft unsere Beziehung ganz gut, man könnte sagen, ich habe mit Lady Gaga geschlafen.»

Jos Mutter wohnt in einem Viertel, das es so oder so ähnlich in jeder Stadt gibt, auch in unserer. Dreistöckige Mehrfamilienhäuser stehen neben dreistöckigen Mehrfamilienhäusern. Die Fassaden sind grau, beige oder aioligelb, einige sind frisch gestrichen, und dann sehe ich eine rote Fassade und denke, vielleicht ist das der Unterschied, vielleicht sind die Farben hier kräftiger, vielleicht kann es hier leuchten, das Leben.

Es stehen nicht viele Autos in der Straße. Hier ist man noch berufstätig oder hat nur ein Fahrrad, und ich finde sofort eine Parklücke, die groß genug ist für drei Autos. Wir schauen auf das Haus, in dem Jos Mutter leben soll. Grau ist es, frisch gestrichen, aber grau. Die Adresse hat Marie von Jos Vater bekommen. «Ich weiß nicht, ob die noch stimmt. Ist lange her», hat er zu ihr gesagt.

«Dann wollen wir mal.» Auf der Rückbank trommelt Can gegen die Sitzfläche und wartet darauf, dass Marie oder ich uns bewegen. Wir bewegen uns nicht.

«Vielleicht sollten wir doch nicht.» Marie dreht sich zu Can um. «Das fühlt sich so falsch an. Als ob wir ihn verraten.»

«Schnickschnack, verraten, wir wollen ihn finden. Wir gehen da rein, und wenn das irgendwie blöd ist, dann gehen wir halt wieder raus.»

«Aber er wollte nichts mehr mit seiner Mutter zu tun haben.»

«Dann hätte er uns eine Postkarte mit seiner aktuellen Handynummer schicken müssen», knurrt Can. «Komm, wir versuchen das einfach. Ich quatsch auch, ist kein Problem.» Marie zögert immer noch. Im Auto ist es heiß, so viel heißer als draußen, der Schweiß beginnt wieder zu laufen, und ich trage mein Lieblings-T-Shirt, also öffne ich die Tür, steige aus und befreie Can vom Rücksitz.

Wir warten noch kurz beim Auto, doch Marie scheint auf dem Beifahrersitz festgeschweißt zu sein. Can und ich sehen uns an, zucken die Schultern, gehen zur Haustür und suchen den Namen von Jos Mutter auf den Klingelschildern.

«Die wohnt hier nicht mehr», stelle ich enttäuscht fest.

«Nicht Weuner. Neuwanger, so heißt ihr Freund.» Ich drehe mich um, und da steht Marie. Sie zeigt auf das untere Namensschild und drückt schnell auf die Klingel. «Bloß nicht lange überlegen.»

Wir müssen nur einen kurzen Moment auf das Summen des Türöffners warten. Ich drücke die Haustür auf, lasse Marie und Can den Vortritt, folge ihnen in den Flur und verschwinde im Hintergrund, denn bei dieser Begegnung gehört der Rücksitz mir, das Lenkrad sollen gefälligst andere halten, und anschnallen werde ich mich auch nicht. Im Hausflur glänzen die weißen Fliesen mit ihrem schwarzen Fleckenmuster so verführerisch kühl, dass ich mich auf sie legen möchte, mit der Wange auf dem Boden, was wäre das für eine Herrlichkeit, allein dafür hätte sich der Besuch bei Jos Mutter gelohnt, denke ich. Wir steigen die paar Stufen zum Erdgeschoss hinauf. In der Wohnungstür steht eine schlanke Frau, vielleicht Ende dreißig und einen halben Kopf kleiner als Marie. Sie schaut uns an mit einem leicht mürrischen Blick, und den Blick, den kenne ich, den habe ich schon oft gesehen, im Penny-Markt, bei den Gemüsekonserven. Es ist nicht zu leugnen, wir haben die Mutter von Jo gefunden.

Sie sagt nichts, sie schaut uns nur an, steht da in ihrem hellen Sommerkleid und verstellt den Weg in die Wohnung, und auch Marie und ich, wir schweigen.

«Wir sind Freunde von Jo», kommt Can wie immer direkt zum Wesentlichen.

Es scheint einen Moment zu dauern, bis Jos Mutter die Worte versteht, doch dann verschwindet der mürrische Ausdruck, macht Platz für etwas anderes. Ich kann nicht genau fassen, was es ist. Hoffnung, Sehnsucht, Liebe, all das und noch viel mehr sehe ich in ihrem Gesicht.

«Wie geht es ihm?», fragt sie, und auch ihre Stimme klingt

wie seine, immer mit dieser leichten Heiserkeit, als ob da ein Kratzen im Hals ist, das nicht verschwinden will.

«Das würden wir auch gerne wissen.» sagt Can. «Er ist abgehauen. Vor ein paar Monaten.»

«O. k.», sagt Jos Mutter, einfach nur «O. k.». Ich weiß nicht genau, welche Reaktion ich von ihr erwartet hätte, aber bestimmt nicht das, bestimmt nicht «O. k.». Sie tritt zur Seite und bittet uns in die Wohnung. Durch einen engen Flur gelangen wir in das Wohnzimmer. Es ist klein, aber hell, aufgeräumt und staubfrei. Über dem cremefarbenen Sofa klebt ein silbernes Wandtattoo: ‹Zuhause›. Can und Marie setzen sich unter das Wandtattoo auf den Zweisitzer, die Mutter holt sich einen Stuhl, wahrscheinlich aus der Küche, für mich bleibt ein bordeauxfarbenes Sitzkissen, also setze ich mich und schaue hoch zu den drei Menschen hinterm Lenkrad.

Jos Mutter räuspert sich. Ihre Hände hat sie ineinander verschränkt, ihren rechten Daumen reibt sie nervös an ihrem linken. «Seit wann ist er verschwunden? Seit ein paar Monaten? Und ihr sagt mir erst jetzt Bescheid?»

Can zieht seine Schultern nach oben. «Wir hatten keine Telefonnummer und wussten nicht, ob die Adresse noch stimmt. Ist ja lange her.»

«Die Polizei. Wieso war die Polizei nicht bei mir?»

«Die weiß nichts.»

«Wie, die weiß nichts?»

Das Gleiche habe ich auch gefragt, vor ein paar Tagen auf dem Hinterhof, als sie mir erzählt haben, dass niemand zur Polizei gegangen ist, niemand Jo als vermisst gemeldet hat.

«Der Vater macht sich bestimmt strafbar», habe ich gesagt.

«Dann zeig ihn doch an, Entenarsch», war Ottos Antwort, und damit ist für alle anderen das Thema erledigt gewesen.

«Die weiß halt nichts. Hören Sie, wir wollten Ihrem Sohn nicht die Bullen auf den Hals hetzen, der hatte schon Stress genug. Lange Geschichte. In der Schule lief es mies, mit Marie auch, das war alles kompletter Mist. Marie», Can deutet auf Marie, die die ganze Zeit nach unten auf ihre grünen Flip-Flops starrt, «ist übrigens Jos Exfreundin. Und mit seinem Vater war es sowieso Katastrophe. Aber das sollten Sie ja noch wissen. Jo hat Marie geschrieben, er hat ein paarmal mit seinem Vater telefoniert. Es geht ihm gut, wir wollen einfach nur wissen, wo er ist.»

Dass Jo sich seit ein paar Wochen nicht mehr gemeldet hat, verschweigt Can. Aber das ist vielleicht auch besser so, für uns alle. Nur Jos Mutter, die gibt nicht auf. «Die Schule. Die muss das Jugendamt informieren, wenn da wochenlang ein Schüler fehlt.»

«Jos Vater hat der Schule erzählt, dass Jo bei Ihnen wohnt.»

«Aber das muss doch irgendwer kontrollieren. Das Jugendamt.»

«Vielleicht hat die Schule das Jugendamt informiert, vielleicht auch nicht. Vielleicht liegt da noch irgendwo eine Akte, vielleicht auch nicht. Vollkommen wumpe. Jo interessiert Sie doch seit Jahren nicht mehr.»

«Das stimmt nicht», sagt die Mutter, und ihre Daumen reiben sich noch schneller aneinander.

«Stimmt doch», flüstert Marie, den Blick weiterhin auf ihre Flip-Flops gerichtet. «Haben Sie eine Ahnung, wie weh Sie ihm getan haben?»

Jos Mutter bewegt ihre Lippen, ich sehe, wie sie versucht, Worte zu formen, doch sie findet keine Sprache, und schließlich sagt sie das, was für sie sagbar ist. «Manchmal kann man nicht anders.»

«Und ich kann das hier nicht.» Marie springt auf. Sie verlässt das Wohnzimmer, und wir hören, wie die Wohnungstür ins Schloss fällt.

«Ich weiß, dass ich ihn verletzt habe. Ich weiß das. Ich habe ihm seitenlange Briefe geschrieben, habe versucht, mit ihm zu reden, aber er wollte mich nicht mehr sehen.» Jos Mutter redet schnell. Ich höre ihr zu und schaue auf ihre Daumen, und mir wird ganz schwindelig. «Ich musste einfach gehen, ich habe das mit Paul –, ich habe das mit meinem Exmann nicht länger ausgehalten. Und Jo war kein Kind mehr. Er war zwölf.»

«Verlassen zu werden, das zerreißt dich immer. Auch mit zwölf», erwidert Can trocken. «Aber darum geht es gar nicht. Wir wollen nur wissen, wo Jo ist. Er hat Marie Postkarten geschickt. Abgestempelt wurden sie in Fulda, Frankfurt, Würzburg ... Kennt er da irgendwen? Onkel, Tante, Oma, Opa, Freunde?»

Jos Mutter runzelt die Stirn. «Frankfurt, Fulda ... Er war in der Grundschule mit einem Jungen befreundet. Der ist nach Fulda gezogen. Urs Behrenberg, so hieß er. Und Jo hatte auch einen Freund, der später irgendwo in Bayern wohnte. Aber wie der hieß, das weiß ich nicht mehr.»

Urs Behrenberg. Ich tippe den Namen ins Smartphone und schicke ihn an die Hinterhof-Gruppe.

«Die letzte Karte wurde in Freiburg abgestempelt.» Can

beugt sich nach vorn und fixiert Jos Mutter mit seinem Blick, und ich wette, das hat er sich in irgendeinem Mafiafilm abgeguckt. «Können Sie sich vorstellen, wohin Jo möchte?»

«Nein.» Jos Mutter weicht Cans Blick aus und schaut stattdessen mich an. Die grünen Augen hat Jo definitiv von ihr geerbt. «Wir waren doch nie irgendwo. Wir sind immer nur an die Nordsee. Weil Paul da schon als Kind hingefahren ist. Jeden Sommer an die Nordsee. Irgendwo habe ich noch ein Fotoalbum. Moment mal.» Und bevor wir sie aufhalten können, ist Jos Mutter aus dem Wohnzimmer verschwunden.

«Du, ich schau mal nach Marie.» Can erhebt sich vom Zweisitzer. «Wir treffen uns dann draußen.»

«Aber was soll ich denn hier?», frage ich und komme mir ganz albern vor, wie ich da auf dem Sitzkissen den Hals verrenken muss, um Can ins Gesicht zu schauen.

«Du guckst dir ein paar Fotos an, und danach verabschiedest du dich. Ist nicht so kompliziert.» Can streckt seine Hand aus, und ich spüre schon, wie sie zärtlich meine Wange streichelt, aber er hält mir nur die Faust hin, ich berühre sie seufzend mit meiner, und dann lässt Can mich allein.

Ich seufze noch einmal und setze mich auf das Sofa. ‹Rücksitz ist immer scheiße›, tröste ich mich mit Achmads Worten.

Jos Mutter kommt zurück in das Wohnzimmer. In der Hand hält sie ein Fotoalbum und einen Stapel Postkarten.

«Hier», sie setzt sich neben mich auf das Sofa und reicht mir den Stapel. «Die habe ich in den letzten Jahren von Jo bekommen.»

Auf allen Postkarten stehen neben der Anschrift jeweils elf Worte, immer mit einem blauen Kugelschreiber geschrieben:

Verpisst / ein Brief / auf weißem Papier / fuckin leere Worte drauf / Müllcontainer

Mutter / für dich / elf Worte nur / mehr kriegst du nicht / Punkt

Heuchlerin / schlechtes Gewissen / ist fürn Arsch / glaub dir kein Stück / fickdich

Vater / wandelnder Zombie / ein atmender Toter / dein Sohn ein Friedhofswärter / Leichenleben

Schmerz / in mir / macht mich leben / immer wieder und wieder / Flammenmeer

Zukunft / welche Zukunft / ist doch egal / kommt doch nur Scheiße / Müllcontainer

Herz / verkrüppeltes Herz / bleib endlich stehen / warum schlägst du noch / Stillstand

«Die letzte Karte kam vor einem Jahr. Ich hatte gehofft, dass es Jo besser geht. Dass er nicht mehr voller Wut ist.»

Vor einem Jahr ist Jo mit Marie zusammengekommen, und es ist ihm tatsächlich besser gegangen, denke ich mir, auf jeden Fall eine Zeitlang, bis zu der Sache auf Cans Party. Jos Mutter nimmt mir die Postkarten wieder aus der Hand und betrachtet sie. «Weißt du, was das ist?», fragt sie und deutet auf die geschriebenen Worte.

«Elfchen», sage ich nur.

«Ja, das sind Elfchen. Die habe ich ihm beigebracht.» Und da erscheint tatsächlich ein Lächeln auf ihrem Gesicht. «In der ersten Klasse ist er mit dem Lesen und Schreiben überhaupt nicht zurechtgekommen. Irgendwann hat sogar seine Klassenlehrerin bei uns angerufen. Paul wurde unglaublich wütend und hat rumgetobt. Damals hatte er noch Arbeit, da hatte er noch Energie für so etwas. Ich habe meinen Exmann toben lassen und bin ins Kinderzimmer gegangen. Und ich habe elf Worte auf ein Blatt Papier geschrieben:

Jo / schlauer Junge / du kannst lesen / das weiß ich genau / Mama

‹Soll ich dir ein Geheimnis verraten?›, habe ich ihn gefragt. Und dann habe ich in sein Ohr geflüstert: ‹Elfchen haben Wunderkräfte. Alles, was man in ihnen schreibt, ist wahr. Das darfst du nie vergessen!›

Und das hat er auch nicht vergessen. Ich hätte nur niemals gedacht, dass die Geschichte so endet.»

Ich muss an Cans Worte denken, daran, dass am Anfang einer Geschichte immer die Mutter steht, und ich frage mich, ob sie auch an ihrem Ende steht, ich frage mich, ob das hier wirklich das Ende ist oder nicht doch vielmehr ein Mittendrin, ich frage mich, wann man weiß, dass eine Geschichte endet, wann man weiß, dass eine Geschichte beginnt, und ich frage mich, wessen Geschichte das hier überhaupt ist.

Jos Mutter hat aufgehört zu lächeln. Sie sitzt so nah neben mir, dass ich leichte Fältchen sehe, die von ihren Mundwinkeln nach unten zeigen. Vielleicht ist das Jo gewesen, der sich mit seinen Elfchen in ihr Gesicht eingeschrieben hat.

«Ich verstehe seine Wut, aber es tut trotzdem weh. Das darf es doch, oder nicht?» Sie sieht mich an und sieht so zerbrechlich aus. Doch ich muss an die Mullbinden denken, die um Jos Hände gewickelt sind. Was darunter verborgen ist, scheint schmerzhafter zu sein, scheint tiefer zu gehen als ihre leichten Fältchen. Ich kann ihr keine Antwort darauf geben, was sie fühlen darf, wie denn auch, das kann man doch nicht.

«Es ist ja nicht so, dass man sein Kind nicht liebt», redet Jos Mutter weiter. Und vielleicht ist es das, was sie möchte, sie möchte reden, und sie möchte, dass da jemand ist, der zuhört. Darum geht es doch immer irgendwie, einen Menschen zu finden, der einem zuhört. «Vater, Mutter, Kind. Wir funktionierten gut, solange Paul Arbeit hatte. Manchmal waren wir sogar glücklich. Im Sommer, auch wenn es nur die Nordsee war. Aber dann wurde alles anders.» Die Fältchen um die Mundwinkel werden tiefer. Es sind nicht nur Jos Elfchen, die sich in ihr Gesicht eingeschrieben haben. «Paul wechselte seinen Arbeitgeber, es sollte mehr Gehalt geben und mehr Urlaub, und ich träumte schon vom Mittelmeer.» Ich muss an meine Eltern denken und frage mich, wovon sie wohl träumen. ‹Mein Mädchen›, würde mein Vater jetzt sagen, ‹wir träumen nicht, wir planen.› Ich stelle mir vor, wie Jos Mutter durch die Wohnung tanzt, sie ist ein paar Jahre jünger und hat noch keine Fältchen, sie trägt ein türkisfarbenes Sommerkleid, und alles duftet nach Sonnencreme, obwohl es mitten im November ist, ‹aber träumen, träumen darf man zu jeder Jahreszeit›, ruft sie laut und lacht und tanzt weiter. «Paul wurde in der Probezeit entlassen, es war nicht seine Schuld, es war einfach Pech. Wir mussten uns eine kleinere Wohnung suchen und sind in euer

Viertel gezogen.» Ich überlege kurz, ob ich ihr erklären soll, dass es gar nicht mein Viertel ist, dass ich da nur wohne und dass es den Hinterhof gibt, aber dann denke ich, dass das wahrscheinlich nicht so wichtig ist. «Paul saß nur noch auf dem Sofa, den ganzen Tag und irgendwann auch die ganze Nacht.» Ich habe Jos Vater nur wenige Male im Penny-Markt gesehen, er trägt immer einen blauen Trainingsanzug und lächelt unsicher, schaut mit großen Augen umher, als ob er sich verlaufen hätte. «Ich habe das zwei Jahre lang mitgemacht, habe jeden Drecksjob angenommen, aber das konnte es nicht gewesen sein, ich war Mitte dreißig, und das konnte nicht mein Leben gewesen sein. Ich habe Henry kennengelernt, er war frisch geschieden, hatte einen Job und eine Wohnung in Münster. Er wollte mit mir zusammen sein. Nur mit mir. Da war die Chance, und ich habe sie genutzt. Ich habe meinen Koffer gepackt und bin gegangen. Jo habe ich einen langen Brief geschrieben. Vielleicht hat er ihn nie gelesen. Paul bekam nur einen Zettel, auf dem ‹Ende› stand. Das ist es, was mir unsere Ehe noch wert war.» Die Stimme von Jos Mutter klingt hart, und wieder sehe ich Jos Vater vor mir, mit seinem unsicheren Blick, der hin und her wandert und den richtigen Weg nicht finden kann. «Manchmal versuche ich mich daran zu erinnern, was Jo zu mir gesagt hat, am Abend bevor ich gegangen bin. Ich weiß es nicht mehr. Ich hätte es mir merken sollen.» Sie legt die Postkarten zurück auf den Wohnzimmertisch und atmet tief aus. «Ich wäre lieber Vater geworden. Vatersein ist einfacher, da wird einem leichter verziehen.»

Sie öffnet das Fotoalbum und zeigt mir Bilder aus einer Zeit, in der es noch eine Familie Weuner gegeben hat.

Can und Marie sitzen neben dem Auto auf dem Bürgersteig.

«Das hat ja ewig gedauert», ruft Can mir entgegen.

«Es waren viele Fotos», antworte ich und schaue irritiert auf Cans nackte Füße.

«Das ist meine Schuld», sagt Marie. «Can wollte wissen, was er als meine beste Freundin tun kann. Und bei so einer Laune hilft nur Fresse halten oder Nägel lackieren.» Sie zeigt mir ihre ausgestreckten Finger, «er braucht noch ein bisschen Übung.» Die Nägel und auch die gesamte Nagelhaut sind mit rotem Lack überzogen. «Bei ihm durfte ich aber nur die Fußnägel.»

«Und die Mittelfinger.» Can zeigt mir zwei rot lackierte Stinkefinger. «Abgedrehter Scheiß, oder? Wenn ich jetzt noch mein Lady-Gaga-Shirt anziehe, dann bin ich absolut Rockstar. Ich müsste mir einen Insta-Account anlegen, so geil bin ich dann.»

«Aber bitte das T-Shirt mit der Jacke, wo man ihren Hintern sieht.» Marie macht ein Foto von Cans Füßen, und zwei Sekunden später höre ich Good News und Smile. Das Foto ist in unserer Gruppe angekommen.

Wir steigen ins Auto, und da sitzen wir erst mal.

«Ich habe ihr meine Nummer gegeben, falls sie doch noch was hört», sage ich.

Marie schnauft laut durch ihre Nasenlöcher. Nägel lackieren oder Fresse halten, sage ich mir, Nägel lackieren oder Fresse halten, Nägel lackieren oder Fresse halten, aber beides kann ich gerade nicht. Ich muss reden.

«Irgendwie Mist», sage ich. «Ich meine, sie wollte nur ihr Leben zurück.»

«Tut sie dir leid?», fragt Marie, und ich befürchte, Can hat seine Fußnägel umsonst geopfert.

«Nein, das nicht, aber ich kann sie schon verstehen.»

«Genossinnen, lasst uns bitte das Thema wechseln», interveniert Can vom Rücksitz aus, «sonst kotzt uns Marie gleich das Armaturenbrett voll.»

«Nein, das will ich jetzt klären», Marie dreht sich zu mir und schaut mich fest an. Wahrscheinlich hat sie den gleichen Mafiafilm wie Can geguckt. «Dass sie keinen Bock mehr auf ihre Ehe hatte, geschenkt, soll sie den Mann abschießen, kein Ding, aber ihren Sohn da alleine zu lassen, bei diesem zutiefst fertigen Menschen, das geht gar nicht.»

«Ich habe nur das Gefühl», sage ich und suche nach Worten, «dass von der Mutter immer viel mehr erwartet wird, da hat die Emanzipation gar nichts gebracht. Bist du eine gute Mutter, ist das dein Instinkt, bist du ein guter Vater, verneigt sich die halbe Welt vor Bewunderung.»

«Mir echt egal, ob Vater oder Mutter, wenn man sein Kind so im Stich lässt, dann ist man einfach ein schlechter Mensch», sagt Marie heftig, «und da wird sich meine Meinung auch nicht ändern, da kann Jos Mutter noch so nervös mit ihren Daumen wackeln.»

Ob Vater oder Mutter, das ist nicht egal, auf jeden Fall nicht in den Köpfen der Leute, da bin ich mir sicher, aber ich muss mich nicht an die Spitze der #dontcallmerabenmutter-Bewegung stellen.

«Akzeptiert», sage ich und hebe beide Hände. «Du darfst jetzt meine Fingernägel lackieren, wenn du willst.»

«Die hebe ich mir für meine nächste Krise auf», Maries

Mundwinkel wandern ein wenig nach oben, und ihre Stimme wird wieder leiser. «Und deine Fußnägel gehören mir auch. Unsere Reise ist noch lange nicht vorbei.»

«Was ist die nächste Station?», frage ich.

«Fulda. Wir suchen diesen Behrenberg.»

«Unser Pavel hat schon das halbe Internet durchforstet.» Can hält sein Smartphone in die Höhe. «Er sagt uns Bescheid, sobald er was hat. Und er findet übrigens, dass mir die roten Fußnägel wahnsinnig gut stehen.»

Wir fahren beim Penny-Markt vorbei. Eigentlich wollen wir uns nur von Matthes verabschieden und Choc Blops kaufen, doch inzwischen ist es schon später Nachmittag und wahnsinnig heiß, und wir beschließen, noch einen Abend am See und eine Nacht bei Matthes zu verbringen.

«Aber diesmal benimmst du dich», warnt mich Can.

Natürlich schaffen wir es am nächsten Tag nicht, vor der großen Mittagshitze loszufahren.

«Auf nach Fulda», ruft Can vom Rücksitz, und Marie gähnt laut. «Knappe fünf Stunden. Über die Autobahn wären es nur drei.»

«Netter Versuch», sage ich und starte den Motor.

«**FULDA TÖTET** mich.» Can wischt sich den Schweiß von der Stirn. «Ohne Witz jetzt. Sieht hier alles so hübsch aus, mit den Gässchen und den Holzhäuschen ...»

«Fachwerk, das ist Fachwerk», sage ich, oder vielleicht denke ich es auch nur, weil mir die Kraft zum Sprechen fehlt.

«Kommt so hübsch daher. Mit dem Dom und so weiter. Dabei ist Fulda das übelste Endmonster. Ich kenn keinen, der schon mal hier war. Und man hört auch nie was von Fulda. Warum wohl? Weil sich niemand hintraut. Machen alle einen fetten Bogen drum, um dieses Fulda. Okay. Der Dom. Der ist schon ordentlich barockig, also, da sagste nichts, der macht was her, der Dom.»

Wir sitzen bei prallem Sonnenschein auf den Treppenstufen, die hinunter zum Fuldaer Dom führen, und wir sollten uns dringend einen Platz im Schatten suchen. Aber das schaffen wir nicht mehr, wir sind nur noch ein Häuflein Dörrobst, das sich nicht bewegen kann, das nur noch stumpf vor sich hin dörrt. Außer Can, die Pflaume, die redet und redet.

Es ist gerade mal achtzehn Stunden her, dass wir auf den Parkplatz vom Penny-Markt in Künzell gefahren sind. Gestern um 20.27 Uhr ist das gewesen.

«Was ist das für eine Stadt, wenn die noch nicht mal einen eigenen Penny hat? Da stimmt doch was nicht», meckert Can vom Rücksitz. Und als wir die dunklen Schaufensterscheiben sehen, macht er direkt weiter, «Welcher Penny hat denn nur bis 20 Uhr auf? Was ist das denn für ein Larifari-Kapitalismus hier? Ich werd mich beim Wendthoff beschweren.»

«Can, wir wären locker vor 20 Uhr hier gewesen», sagt Marie und tippt auf ihrem Smartphone. Wahrscheinlich sucht sie nach dem nächstgelegenen Penny-Markt. «Aber du wolltest ja unbedingt dieses Fenster sehen.»

«Nicht dein Ernst! Jetzt ist das Dreihasenfenster schuld?», fragt Can, «Nicht dein Ernst!», und ich weiß nicht, ob die Empörung in seiner Stimme echt oder gespielt ist.

«Wer denn sonst?» Marie stöhnt und zeigt mir ihr Display. «Hier gibt es weit und breit keinen anderen Penny-Markt.»

«‹Der Hasen und der Löffel drei, und doch hat jeder Hase zwei.› Das muss man doch gesehen haben.»

«Can, von diesem Fenster gibt es tausend Bilder im Internet.»

«Marie, manche Dinge werden dir erst klar, wenn du sie siehst. So richtig. Von Angesicht zu Angesicht.»

«Das Dreihasenfenster in Paderborn ...»

«Zum Beispiel. Du bist einfach zu jung. Du verstehst das nicht.»

Ich schließe die Augen und lasse Marie und Can weiterstreiten, damit habe ich nichts zu tun; während Marie und

Can in der Affenhitze dieses Hasenfenster gesucht haben, habe ich mir ein riesiges Pistazieneis reingelöffelt, und das war so verdammt lecker, das ist jeden Umweg wert gewesen.

«Zweieinhalb Jahre, riesiger Unterschied.»

«Hallo? Das ist ein ganzes Hamsterleben.»

«Ich habe übrigens Pavel geschrieben, dass er dir keine Ausflugstipps mehr schicken soll.»

«What? Der Erlenweg in Erkenschwick war vielleicht eine Enttäuschung, aber das Dreihasenfenster in Paderborn, das war doch wohl volle Offenbarung.»

«Cannyboy.»

«Ja, mein kleiner Marienkäfer?»

«Du hast manchmal so eine Macke, das ist unglaublich.»

«Du wirst mir noch dankbar sein. Wenn du als alter Käfer auf dem Rücken liegst, dann wird dir noch mal alles durch den Kopf gehen. Alles, was du verpasst hast, alle Chancen, die du nicht ergriffen hast, weil du zu feige warst oder zu faul, aber dann, dann wirst du dir denken: Immerhin habe ich damals das berühmte Dreihasenfenster gesehen. Und du wirst am Ende deines Lebens ganz entspannt davonsumsen können.»

«Und du wartest oben auf einer Wolke, und deine ersten Worte sind: Hab ich's nicht gesagt?»

«Nein, garantiert nicht. Ich bin ja im Paradies.»

«Das kannst du vergessen!», grätsche ich kurz dazwischen, ohne die Augen zu öffnen. «Dafür hast du in deinem Leben viel zu viele Würstchen verbrannt.»

«Dann wart ich halt auf dieser verkackten Wolke. Aber wer sagt überhaupt, dass ich zuerst sterbe?»

«Du bist schließlich ein ganzes Hamsterleben älter als ich.»

«Das stimmt natürlich.»

Can und Marie plänkeln noch ein bisschen weiter, doch als ihr Geplänkel nur noch dahinplätschert, öffne ich die Augen, und wir denken darüber nach, wo wir schlafen könnten.

«Jugendherberge», schlage ich vor. «Die kostet nicht so viel.»

«Wie viel Geld haben wir überhaupt?», fragt Marie, und ich sehe meine Eltern vor mir, wie sie sich die Hände vors Gesicht legen und den Kopf schütteln. ‹Nein, Papa›, müsste ich sagen, ‹es gibt keinen Finanzierungsplan und keine Kostenkalkulation, sieh es doch endlich ein, wir sind beschissen vorbereitet.›

«Morgen müssen wir tanken, dann habe ich noch knapp zehn Euro, grob geschätzt», sage ich.

Can kramt in seiner Hosentasche und holt ein paar Münzen hervor. «3,71, so ziemlich genau.»

«Und auf deinem Konto?»

«Da siehts übel aus.»

«Ich habe ungefähr zwanzig Euro.» Marie nagt an ihrer Unterlippe. «Benzin ist teuer, oder?»

«Jugendherberge können wir abhaken», stelle ich fest. ‹Machen wir uns nichts vor›, müsste ich meinen Eltern sagen, ‹wir sind nicht nur beschissen vorbereitet, wir sind auch noch arm, arm wie Kirchenmäuse, schlimmer noch, die Mäuse haben wenigstens ihre Kirche, und wir, wir haben nur meinen Corsa.›

Wir spielen Schnick, Schnack, Schnuck um den besten Schlafplatz, ich nehme wie immer Papier und verliere.

Wir klappen die Rückbank um, und Can und Marie verteilen ihre Klamotten auf der Liegefläche. Ich lege mich quer über Fahrer- und Beifahrersitz, doch ich kann mich drehen und wenden, wie ich will, der verdammte Schalthebel ist immer im Weg. Das nächste Mal Stein oder Schere, schwöre ich mir.

«Ach, geht doch», murmelt Can und stopft sich ein Lady-Gaga-Shirt unter den Kopf. «Und unser Choc-Blop-Vorrat reicht für mindestens drei Tage.»

«Mädels», sagt Marie. «Euch ist schon klar, dass es draußen noch nicht mal dunkel ist?»

«Vor 22 Uhr pennen gehen, das ist schon verwegen. Das muss man erst mal bringen», antwortet Can und gähnt.

«Dann eskalieren wir aber bitte so richtig», lacht Marie und zieht ihr Smartphone hervor. Wenige Sekunden später wiehert ein Pferd, und ein Mann singt: «Hufe klappern, Pferde traben ...»

«Was zum Teufel ist das?!», schreit Can.

«Bibi und Tina, Folge 42. Die Superponys.»

«Alter, wenn ihr das irgendwem erzählt.»

«Keine Sorge», nuschele ich, während ich immer noch verzweifelt versuche, irgendeine Position zu finden, in der mir der Schalthebel nicht in Seite, Bauch oder Rücken drückt. «Was im Corsa passiert, bleibt im Corsa.»

Es ist der blanke Horror. Wir quälen uns durch die Nacht, und die Einzigen, die Spaß haben, sind Bibi und Tina. Ich sehne mich so sehr nach dem staubigen Fußboden in Matthes' Wohnung, dass ich nicht mehr aufhören kann zu husten.

Als die Sonne aufgeht, erklären wir alle Schlafversuche für gescheitert und fahren nach Fulda, wo sich die Bäckereifachverkäuferin einigermaßen verdutzt die Augen reibt, als sie um Punkt sechs Uhr die Tür aufschließt und wir unausgeschlafen und ausgehungert in den Laden stolpern.

Can lädt uns zum Frühstück ein, es gibt für jeden ein trockenes Brötchen, und wir teilen uns eine Flasche Cola. Danach verkündet Can, dass er nun offiziell bankrott sei, und überlässt mir seine letzten 42 Cent.

Wir lungern noch bis acht Uhr in der Bäckerei herum. Während Marie auf ihr Display und ich vor mich hin glotze, nutzt Can die Zeit, um sich mit der Bäckereifachverkäuferin anzufreunden. Er steht vor dem Verkaufstresen und hört aufmerksam zu, als die rundliche Frau ihm die verschiedenen Brotsorten und die Sache mit dem Dinkel erklärt, und wenn er sie anlächelt, dann klemmt sie sich eine rötliche Strähne hinters Ohr, dabei ist sie schon weit über vierzig, aber vor Cans Lächeln ist niemand sicher, Cans Lächeln pfeift auf Alter und Geschlecht, es ist erbarmungslos, eine universelle Waffe.

«Das ist Inga», sagt Can irgendwann, und wir dürfen die Personaltoilette benutzen. Wir waschen uns die Achseln und putzen uns die Zähne. Can nimmt Inga zum Abschied in den Arm, und sie will ihn gar nicht mehr loslassen, aber irgendwann dann doch, weil sich im Leben nichts festhalten oder zurückholen lässt und weil sie nun mal vorbei ist, Ingas Jugend. Aber wir, wir sind jung, verdammt noch mal, sterbensmüde, aber jung, und wir sollten endlich die Mission ‹Urs› in Angriff nehmen.

«Mit wem schreibst du denn die ganze Zeit?», fragt Can Marie, als wir die Bäckerei verlassen haben.

«Mit Vika. Ihrer Mutter geht es nicht so gut.»

Kein Wunder, denke ich, bei dieser Tochter, aber ich sage es nicht.

Unser Pavel hat in Fulda zwei Adressen mit dem Namen ‹Behrenberg› ausfindig gemacht.

Die erste Adresse führt uns in eine Reihenhaussiedlung am äußersten Stadtrand. Die Bürgersteige sind sauber, auf den Fenstersimsen der Erdgeschosse stehen Blumenkästen mit roten oder pinken Blumen, in den Fenstern hängen weiße Häkelgardinen, auf dem Rasen der Vorgärten stehen Figuren aus gebranntem Ton, Hunde oder Katzen, manchmal ein Gartenzwerg, vor einem Haus hockt ein einsamer Buddha, alles ist ein bisschen alt und in die Jahre gekommen. Genauso wie die Frau, die die Tür öffnet, nachdem wir geklingelt haben.

«Schönen guten Morgen», sagt Marie. «Haben Sie vielleicht einen Enkel –», der Urs heißt, soll der Satz wohl weitergehen, aber da wird die Tür schon ins Schloss geknallt, und wir schauen wie ein begossenes Rudel auf das ovale Schild aus rötlich gebranntem Ton, das an der zugeknallten Tür hängt und nun hin und her schaukelt. ‹Herzlich willkommen›.

«Die dachte bestimmt, wir machen den Enkeltrick», mutmaßt Marie.

«Aber der funktioniert doch anders, da hätten wir sagen müssen, dass wir die Enkel sind», sage ich.

«Erklär das nicht uns, erklär das der Oma.» Can dreht sich um und läuft zurück zur Straße. «Heiliges Dreihasenfenster! Wie viel Uhr ist es, neun? Und schon verschissene fünfzig Grad. Das wird heute geschmeidig aus dem letzten Loch, meine Freunde.»

Wir fahren zu der anderen Adresse, die unser Pavel geschickt hat.

Ein Neubaugebiet mit frei stehenden Häusern in Weiß

und Grau. Kaum Gardinen vor den Fenstern. Hier hat man nichts zu verbergen, hier hat man farblich abgestimmte Küchendeko. In den Vorgärten kein Rasen, sondern Kieselsteine oder Rindenmulch. Alles ist sauber, mehr als sauber, dogmatisch sauber, alles ist clean. Keine Figuren vor den Häusern. Selbst Buddha ist zu sehr gestern. Dafür stehen vor einigen Häusern Bänke, auf denen, da bin ich mir sicher, nie jemand sitzt.

«Ich kann mir nicht vorstellen, dass Jo hier gewesen ist», murmelt Marie und schaut die Straße hinunter.

Wir finden die Hausnummer 42. Die Behrenbergs setzen auf Rindenmulch und rote Küchendeko im Fenster. An der anthrazitfarbenen Haustür hängt ein ovales Schild. Aus rötlich gebranntem Ton. ‹Herzlich willkommen›.

«Wir sind richtig, würde ich sagen.» Marie atmet tief ein und klingelt an der Tür.

«Genossinnen, Mundwinkel weit nach oben, unverdächtig gucken und auf gar keinen Fall das Wort Enkel benutzen», raunt uns Can noch zu, bevor sich die Haustür öffnet.

Das Mädchen, das nun vor uns steht, ist ungefähr dreizehn Jahre alt und schaut so abweisend wie ein Vorgarten voller Kieselsteine. Sie trägt ein weißes T-Shirt, auf dem in roter Schrift ‹Slime ... and be happy› steht. Warum auch immer.

«Ist Urs da?», fragt Marie, und ich möchte ihr für diese Glanzleistung auf die Schulter klopfen. Stattdessen ziehe ich meine Mundwinkel noch weiter nach oben und lege den Kopf ein wenig schräg. Unverdächtiger geht nicht.

«Der ist im Park.» Inneres Triumphgeheul. Zielobjekt ‹Urs› ist lokalisiert. Wer soll uns jetzt noch stoppen?

«Wir sind Freunde von Jo.» Marie tritt einen Schritt nach vorn. «War der vielleicht hier, in letzter Zeit?»

Das Mädchen schaut auf Maries Füße, die nun genau vor der Türschwelle stehen, und sagt: «Nein.»

Ich habe schon immer geahnt, dass Triumph und Niederlage unter dem Tisch miteinander füßeln. Vier Buchstaben reichen aus, Welten werden zerstört, und Mundwinkel lassen sich nicht mehr oben halten. Was nutzt uns ein Urs Behrenberg, wenn Jo ihn gar nicht besucht hat? Wo stehen wir nun? Irgendwo in Fulda, auf einer frischgesaugten Fußmatte, ohne irgendeinen Plan. Das ist nicht gut, das ist gar nicht gut, denke ich, und mir wird, ich weiß nicht wie, nicht schlecht, nicht heiß, nicht kalt, mir wird melodramatisch. Wir brauchen irgendwas, irgendeinen Krümel, damit die Reise weitergeht, damit Jo sich nicht umbringt und Marie nicht für immer in Depressionen versinkt, damit Can nicht sein Leben aufgeben muss, um Marie vor dem Untergang zu retten, damit ich nicht alleine und unglücklich sterbe. Irgendeinen Krümel, damit es nicht doch ein elender Sommer mit Aussicht auf eine noch elendere Zukunft wird.

«In letzter Zeit war er nicht hier. Das ist schon eine Weile her. Ein paar Monate.»

«Aber Jo war hier?» Ich kann die Aufregung in Maries Stimme hören, Cans Hände fahren nervös über Lady Gagas Gesicht, und ich ziehe meine Mundwinkel wieder nach oben. Irgendwer muss ja unverdächtig bleiben.

«Sag ich doch», sagt das Mädchen, und bei den Vokalen wechselt sie in eine höhere Tonlage. Mit dreizehn darf man noch Zicke sein, ohne geschlachtet zu werden. Spätestens mit siebzehn ist es nur noch leere Attitüde. Und jetzt, mit neunzehn, da ist dreizehn noch gar nicht so lange her, und trotzdem fühle ich mich weit weg und uralt, ich fühle mich wie Inga.

«Kannst du uns die Nummer von deinem Bruder geben?» Marie hebt ihren Fuß für den Schritt auf die Türschwelle, doch das Mädchen täuscht kurz mit der Tür an, und Marie stellt den Fuß wieder auf den Boden.

«So was mache ich nicht. Nummern rausgeben.»

«Kannst du ihn dann anrufen?»

Das Mädchen wirft ihren Kopf nach hinten und verdreht ihre Augen. Sie stützt sich mit der einen Hand am Türrahmen ab und streckt ihren kaum vorhandenen Busen nach vorn. Mit dem sinnfrei bedruckten T-Shirt könnte sie ein Klon von Vika sein. Nur mit weniger Make-up und reicheren Eltern.

«Der geht eh nicht ran. Der hat sein Handy immer auf lautlos.»

«Du kannst es ja mal versuchen, oder nicht?»

«Nö.» Das Mädchen knallt die Tür zu, und das ‹Herzlich willkommen›- Schild schaukelt hin und her.

«Was hat sie gesagt? Nö? Wer sagt denn bitte schön nö?» Can schüttelt den Kopf, «Und was soll dieses verschissene Schild, ist das ein ironisches Statement der Upperclass, oder wie?»

«Tag der geschlossenen Tür», sage ich, aber Marie und Can finden das nicht so richtig witzig.

Wir klingeln noch einmal und noch einmal. Das ist nämlich die große Tragik der Dreizehnjährigen. Sie können phantastisch zicken, aber so wirklich ernst werden sie trotzdem nicht genommen.

«Ich rufe gleich die Polizei!», schreit das Mädchen aus einem Fenster im ersten Stock, und darauf haben wir dann doch keine Lust. Can hebt seine zwei rot lackierten Mittelfinger in die Höhe und schüttelt noch mal den Kopf. «Menschen sollten per Gesetz dazu gezwungen werden, sich an ihre T-Shirt-Sprüche zu halten.»

«Schleim und glücklich sein?», frage ich verwundert.

«Was für ein Schleim? Smile and be happy.»

Das macht natürlich mehr Sinn, insgesamt und auch so als T-Shirt-Spruch. Jetzt bin ich es, die den Kopf schüttelt. Manchmal sieht man Dinge, die gar nicht so sind, die ganz anders sind. Das war nur ein T-Shirt, zwei vertauschte Buchstaben, Lächeln oder Schleim, ist doch wirklich manchmal das Gleiche, aber was, wenn ich mal Zeugin in einem Mordfall werde, oder was, wenn ich schon mal Zeugin gewesen bin, da will ich gar nicht dran denken, wenn ich schon mal zwei Dinge vertauscht habe, wenn meine Version der Geschichte nicht die Geschichte gewesen ist? Wir gehen zurück zum Auto, und während ich noch über eine andere Version von Schleim nachdenke, ist Marie wieder bei der Mission ‹Urs›.

«Dann suchen wir ihn. Im Park. Ich meine, wie viele Parks wird es hier schon geben? Zwei?»

Es sind leider mehr als zwei, sagt das Internet. Wir beginnen unsere Suche im Ferdinand Braunpark, gehen dann zum Fulda Aueweiher, zur Fulda Aue, in den Fulda Park, Hundeshagenpark, Frauenbergpark. Sobald wir jemanden sehen, der jung und männlich wirkt, gehen wir zu ihm und fragen, «Urs?», aber alle schütteln mit dem Kopf, und einer rennt sogar davon.

«Was wollen sie mit all diesen Parks?», stöhnt Can, als wir den Frauenbergpark verlassen und immer noch keinen Urs gefunden haben.

Es ist Nachmittag geworden. Sonnendiktatur.

Vor uns liegt noch der gesamte Schlossgarten, aber wir können keine Parks mehr sehen und keinen Schritt mehr gehen, wir sitzen auf den Treppenstufen, die hinunter zum Fuldaer Dom führen, und werden zu Dörrobst. Nur Can, die Pflaume, die redet und redet.

Ich will gerade vorschlagen, dass wir meine restlichen zehn Euro im Eiscafe verprassen könnten, mit Pistazieneis, weil Pistazieneis was ganz Feines ist, aber da steht Marie auf und schaut mich an. «Ich gehe jetzt in diesen verdammten Schlossgarten, und wenn dieser verkackte Urs nicht da ist, dann lackiere ich deine verfickten Fingernägel.»

Ohne ein weiteres Wort geht sie an uns vorbei die Stufen hinauf. Can und ich blicken ihr nur erstaunt hinterher, wir stehen nicht auf, um ihr zu folgen. Selbst wenn wir wollten, wir können nicht mehr. Und selbst wenn ich könnte, ich will nicht mehr.

«Schon bewundernswert. Marie ist nicht unterzukriegen», stelle ich fest, und mein schlechtes Gewissen, das nagt an mir, irgendwo zwischen Schläfenbein und linkem Schulterblatt.

«Die kann auch nicht mehr, die ist komplett durch. Ich glaub, sie hat noch nie in ihrem Leben das Wort ‹verfickt› in den Mund genommen», sagt Can mit gerunzelter Stirn. «Hauptsache, dieser Urs weiß irgendwas, sonst wird's düster.»

«Wenn Jo hier gewesen ist, dann weiß Urs auch irgendwas.»

Can nickt. «Und wir müssen dringend vor 20 Uhr beim Penny in Künzell sein», sagt er. «Ich geb mir nicht noch eine Nacht mit Bibi und Tina auf der Rückbank.»

Ich muss an die Tankanzeige denken, die schon so lange blinkt, dass man sie nicht mehr ignorieren kann.

«Wir müssen noch tanken», sage ich, und Can zuckt nur die Schultern, als ob es kein Problem gäbe. Ich warte, ob er noch etwas sagen will, er redet doch sonst die ganze Zeit, aber er starrt nur geradeaus auf den Fuldaer Dom. Und wenn alles einfach nur so weggezuckt und weggestarrt wird, dann reichen keine Andeutungen mehr, dann muss das Problem direkt auf den Tisch.

«Ich hoffe nur, ich bekomme das hin.»

«Tanken?» Can scheint sich weiterhin mehr für den Dom als für mein Tankproblem zu interessieren, der ist natürlich auch beeindruckender, der Dom mit den Türmen und den Kuppeln und der gesamten Schnörkelei, das kann ich schon verstehen.

«Ich habe das noch nie gemacht.»

«Ja, aber es ist nur tanken. Das kriegen Arschmillionen andere auch hin.»

Ja, so ist das wohl. Im Angesicht des Doms, der vor Jahrhunderten von Menschen erbaut worden ist, wie auch immer sie das gemacht haben, da müsste ich mal unseren Pavel fragen, im Angesicht dessen ist es tatsächlich nur tanken.

«Mein Onkel hat mir das nur ein Mal gezeigt, und ich habe das noch nie selbst gemacht. Den Zapfen reinstecken und der Kram.» Ich rede mich gerade um Kopf und Kragen, und ich kann noch schlimmer. «Tanken ist doch eher so ein Männerding, du verstehst?» So macht man sich in wenigen Sekunden zum kompletten Harry, denke ich, aber immerhin, Can löst seinen Blick von den Engeln, die auf dem Portalbogen sitzen.

«Wegen dem Zapfen», sagt er mit hochgezogenen Augenbrauen.

«Genau. Dem Zapfenreinstecken.»

Cans Mundwinkel zucken. «Dem Zapfen. Der war so lausig, der hätte von mir sein können.»

«Also eigentlich wegen des Zapfens. Genitiv», sage ich hilflos. «Aber das hatten wir ja schon einmal. Dehnungs-E und Genitiv.»

Nun grinst Can. «Vergiss den Strandsteifen nicht.»

«Stimmt, der ist auch richtig schlecht gewesen.»

Und wir lachen. Gemeinsam lachen. Scheiße, fühlt sich das gut an.

«Da ist eine Sache, die versteh ich immer noch nicht.» Can schaut mich an, und unser Lachen funkelt noch in seinen Augen. «Wieso hast du ein Auto, wenn du doch gar nicht richtig fahren kannst?»

Jetzt starre ich nach vorn, zum Dom und zu den Engeln, weil ich das nicht so gut kann, jemandem in die Augen schauen und dabei reden.

«Meine Eltern. Sie haben mir das Auto geschenkt, letztes Jahr zum Abi. Und zum Geburtstag den Rollkoffer.»

«Sehr subtil. Ein Wink mit dem Rollkoffer.» Can legt seine Unterarme auf der oberen Stufe ab und lehnt sich mit dem Rücken gegen die Stufenkante. «Klare Angelegenheit. Die wollen dich loswerden.»

«Nein, glaube ich nicht. Auf jeden Fall nicht so, wie du

meinst. Die wollen mich loslassen, in die Freiheit.» Ich stocke kurz, weil ich selten mehr als zwei Sätze am Stück sage, ich weiß nicht, wann das angefangen hat oder ob das schon immer so gewesen ist, ich stocke kurz und rede dann weiter.

«Aber ihre Vorstellung von Freiheit, die gibt es nur mit Sicherungsseil. Alles ist möglich, du kannst alles erreichen, aber bitte vorbereiten, vorsorgen und absichern. Hier sind die Schwimmflügel, und da sind die Stützräder. Und wenn du keine Stützräder mehr brauchst, dann setz den Fahrradhelm auf. Als meine Mutter in der Neunten mitbekommen hat, dass ich mit Robert gehe, hat sie mir sofort eine Packung Kondome gekauft.»

«Autsch.»

«Ja, oder?»

«Dein erster Freund hieß echt Robert?»

So hieß er tatsächlich, Robert. Mit Robert habe ich nur ein bisschen gefummelt, weil ich ihn gar nicht so richtig mochte, er hatte eine feste Zahnklammer und ständig fettige Haare. Mein erstes Mal hatte ich ein Jahr später mit Sven, dem Neffen unserer Nachbarin. Er hatte schiefe Zähne, aber wenigstens keine fettigen Haare.

«Jetzt habe ich den Faden verloren.»

«Deine Mutter hat Kondome gekauft.»

«Genau. Raus in die weite Welt, aber pack alles Nötige in deinen Koffer, falls mal was passiert. Fahr los in den Sonnenuntergang, aber bitte im gut versicherten Auto mit Doppel-Airbag.»

«Ich versteh schon, was du meinst.» Can richtet sich ächzend auf und reibt seine Unterarme. «Aber ganz ehrlich, wenn bei deinen Eltern wirklich alles nur im Sicherheitsmodus abgeht, dann hast du ihnen mit unserem kleinen Trip mal ganz entspannt zwei Mittelfinger in die Fresse gestreckt, so beschissen, wie du Auto fährst. Ich sag nur, mit achtzig Sachen in den Kreisverkehr.»

«Ja, ich bin eine Rebellin. Schon irgendwie, oder?»

«Die Langstrumpf und ihren Affen steckst du locker in die Tasche.»

«In den Rollkoffer.»

«Genau.»

Es ist das erste Mal, dass Can und ich auf dieser Reise allein miteinander reden. Also so richtig allein und so richtig reden. Ich bin hellwach, heller noch als die Sonne, und sowieso die Sonne, die ist mir jetzt vollkommen egal.

«Der rechte Engel sieht übrigens aus wie meine Mutter», sage ich.

«Echt?» Can betrachtet mit zusammengekniffenen Augen das Portal.

«Sie hat keine Flügel. Und sie trägt eine Brille. Aber sie hat die gleiche Frisur. Kurzes welliges Haar.»

Can schiebt seine Unterlippe ein Stückchen nach vorn. «Hat sie auch so ein Tuch um den Körper gewickelt?»

«Nein.» Meine Mutter, die mit einem Tuch um Busen und Hüften auf unserer Couch sitzt und sich irgendeine Trödelsendung reinzieht. Das wäre mal was. ‹Ich habe das nicht geplant. Es ist einfach so passiert›, könnte sie sagen, und ich würde sie dafür lieben. «Sie trägt Hose und Bluse und Strickjacke.»

«Deine Mutter ist also ein Engel ohne Flügel», bemerkt Can.

«Aber dafür mit Brille und Strickjacke», bringe ich es auf den Punkt.

«Hm», Can wiegt langsam den Kopf hin und her. «Das entzaubert das Engelding schon so ziemlich.»

Ich schaue ihn an, wie er immer noch mit ernstem Blick die Engel betrachtet, und bin komplett gefährdet.

«Was ist eigentlich mit deinen Eltern?», frage ich, und mein Blick wandert von Cans Wimpern zu seinen dunklen Haaren, die in dicken Strähnen zueinanderfinden. An den Seiten sind sie kürzer geschnitten und bedecken gerade noch den oberen Rand seiner Ohrmuschel.

«Meine Eltern würden mir auch ein Auto schenken, die haben nur kein Geld», sagt Can. Can geht nie zum Friseur, er schneidet seine Haare selbst. Wenn es einmal zu schief und unregelmäßig geworden ist, dann borgt sich Vika eine Schere von Wendthoffs Schreibtisch. ‹Ich habe sechs Wochen Praktikum gemacht, ich bin Profi›, sagt sie dann immer und setzt Can auf die Holzpaletten.

«Du hast doch eh keinen Führerschein», sage ich zu Can und frage mich, was er wohl über meine Haare denkt.

«Der ist brutal teuer.»

«Dann mach es so wie ich», schlage ich vor. Ich greife mir eine Strähne aus meinem Haar und schaue sie an. Kraftloses Mittelbraun, würde ich dazu sagen, aber vielleicht sieht er das ja anders. «Nimm für den Führerschein das Geld, das du beim Penny verdienst.»

«Mhm», macht Can nur. Ich löse mich von meinen Haarbetrachtungen, und mir wird klar, dass ich gerade so richtigen Müll zusammengeredet habe.

Can hat unserem Pavel einmal erzählt, dass seine Eltern früher einen Porzellanladen besessen haben, einen richtigen Porzellanladen, mit Tellern und Schüsseln, Tassen und Rosenmädchen. «Wir hatten nicht so teuren Kram», hat Can gesagt, «so für den Hausgebrauch eben, aber immer mit Stil. Das war meinen Eltern wichtig. Stil und Blumen.» Warum und wieso sie den Laden geschlossen haben, das hat er nicht erzählt. Ob ein Elefant schuld gewesen ist und wie genau der ausgesehen hat, keine Ahnung. Nur von den hohen Krediten, von denen hat er unserem Pavel erzählt. Unser Pavel hat ihm eine Hand auf die Schulter gelegt und eine Flasche Orangenlimonade aus der Tasche geholt. «Hilft das?», hat Can gefragt. «Hilft nicht ... schmeckt aber», hat unser Pavel geantwortet, und ich habe weiter so getan, als würde ich wichtige Nachrichten auf meinem Smartphone schreiben.

«Deine Eltern haben immer noch Schulden, oder?», frage ich, und als Can nicht antwortet, da denke ich schon, dass das ein Schritt zu weit gewesen ist, doch dann sagt er: «Ist viel kaputtgegangen, damals», und ich weiß nicht genau, wie er das meint, so wörtlich, mit dem ganzen Porzellan, oder anders. Ich traue mich nicht, noch mal nachzufragen, und erwidere ein wenig lahm: «Du bist der Älteste und musst dich kümmern.»

«Wir kümmern uns alle.» Die Portaltür öffnet sich, und eine Gruppe grauhaariger Touristen in kurzen Hosen, T-Shirts und Sandalen kommt heraus. «Und ich bin nicht der Älteste.»

«Nicht?», frage ich überrascht, weil Can immer von zwei jüngeren Schwestern und seinem kleinen Bruder spricht. Die Touristen drehen sich noch einmal zum Portal um und fotografieren mit ihren Digitalkameras und Smartphones die beiden Engel. Ich muss an die Erdmännchen und an Matthes denken und daran, dass die Engel das bestimmt auch nicht so toll finden, all die Kameralinsen, die auf sie gerichtet sind, aber sie sind versteinert, und einen Stein fragt man nicht nach seinen Gefühlen. Wenn wir das nächste Mal Schnick, Schnack, Schnuck spielen, nehme ich Stein, schwöre ich mir.

Ich öffne den Mund, um Can zu fragen, ob ihm eigentlich auch die frappierende Ähnlichkeit zwischen Matthes und einem Erdmännchen aufgefallen ist, da sagt er:

«Mein ältester Bruder ist gestorben, vor über zehn Jahren.»

«Krass.»

Krass. Das ist so beschämend wenig, das ist sogar zu wenig, um es auf ein T-Shirt zu drucken, aber mir fällt nichts ein, was passender klänge oder mitfühlender. ‹Heftig› wäre noch schlimmer gewesen. Oder ‹Erdmännchen› so aus dem Affekt heraus. Und ‹Tut mir leid› ist dermaßen abgedroschen, dass es eigentlich nur noch ein Wort ist, ‹tutmirleid›.

«Ja, krass», sagt Can und guckt auf seine zwei lackierten Fingernägel. «Themenwechsel?»

«Klar.» Ich würde mir am liebsten vor mein eigenes Schienbein treten, weil ich es mal wieder nicht hinbekommen habe, weil es so viele Worte auf der Welt gibt und mir nur ‹krass› eingefallen ist. «Erdmännchen. Hast du irgendeine Meinung zu Erdmännchen?»

Can zieht seine Lippen nach innen und den Kopf Richtung Schulter, als würde er angestrengt nachdenken. «Nein. Keine eindeutige Haltung zu Erdmännchen.»

«Dann Pistazieneis», starte ich leicht verzweifelt einen neuen Versuch. «Hast du schon einmal Pistazieneis gegessen?»

«Nein.»

«Schade. Ist voll lecker.»

Can lächelt kurz. Er wendet den Blick wieder nach vorn, aber dann scheint er es sich anders zu überlegen und schaut mich an. «Wenn ein Kind stirbt. Das ist das Übelste.» Seine Stimme klingt ganz anders als sonst, als ob sie sich durch einen tiefen Dschungel gekämpft hätte und mit letzter Kraft ans Licht gekommen sei. Doch der Dschungel, der ist immer noch da, dunkel und bedrohlich, und er wartet.

Ich sehe Can an, und Can sieht mich an, und ich schaffe es nicht, irgendwas zu sagen. Ich nicke nur. «Das ist das Übelste», wiederholt er.

Und da mache ich es einfach, ich nehme seine Hand.

Als Can seine Finger um meine schließt, da weiß ich, dass es richtig gewesen ist. ‹Verlassen zu werden, das zerreißt dich immer›, fallen mir Cans Worte wieder ein. Und ich frage mich, wie man das ertragen kann, wie man das überhaupt ertragen kann. Plötzlich ist es da, das Bild von Cans Eltern, wie sie zwischen Tassen und Tellern mit Blumenmuster stehen. Und da sehe ich ihre Trauer, es ist ein Elefant mit gebrochenem Rüssel.

«Porzellanladen», sage ich leise. «Das geht dann nicht mehr.»

«Das hält man nicht aus», sagt Can, und der Druck seiner Finger wird stärker. «Der älteste Sohn.»

Ich höre, wie die Touristen rechts und links an uns vorbei die Treppen hinaufgehen, ich höre sie atmen und schnaufen und denke, dass einige von ihnen bald sterben werden, aber dass das was anderes ist, weil sie mehr hinter sich haben als vor sich, weil ihr Leben bereits ordentlich gerahmt an der Wohnzimmerwand hängt.

«Mein Bruder ist immer ein Fisch gewesen, so ein ganz Schweigsamer halt», erzählt Can, «und klug. Unnormal klug ist er gewesen. Uneingeschränkte Empfehlung fürs Gymnasium, ein paar Wochen vor seinem Tod. Er hätte der Erste in der Familie sein sollen, der Abi macht. Nicht ich.»

Can lässt mich mit seinem Blick nicht los, oder vielleicht hält er sich auch an meinem Blick fest, das weiß ich nicht so genau.

«Als er noch gelebt hat, da hast du ihn manchmal gar nicht bemerkt, der hat einfach nicht stattgefunden, und dann ist er tot, und auf einmal ist er wahnsinnig laut, auf einmal ist er überall», erzählt Can weiter, «was sollte ich machen? Ich hab irgendwie versucht, lauter zu sein.»

Ich stelle mir vor, wie der achtjährige Can mit seiner Familie um einen runden Tisch beim Abendessen sitzt, der Vater isst nichts, weil er immer noch keinen Bissen herunterbekommt, und Can isst nichts, weil er erzählen muss, von der Schule und der Hofpause und dem Nachhauseweg und dem Nachbarn, der Tauben verjagt, weil sich die Blaumeisen vor ihnen fürchten. Can redet, damit sie weiterleben. Reden, das ist seine Überlebensstrategie.

Noch nie habe ich mit einem Menschen so lange Blicke geteilt, ohne meine Augen zu schließen oder loszulachen. Ich weiß gar nicht, ob ich immer noch ich bin.

«Als mein Bruder gestorben ist, das war wie so ein Tornado, der einem Haus das Dach wegreißt. Ich hab versucht, ein Dach zu sein, aber es regnet durch, weil ich nun mal kein Dach bin.

Ich bin eine Wand oder eine Tür, aber ich bin kein Dach. Für meine Geschwister bin ich der große Bruder. Doch ich werde nie der älteste Sohn sein. Ich bin wie dieser Typ, der einen Stein den Berg hochrollen will. Ich kann es nicht schaffen.»

Um uns herum ist es still. Die Touristen sind fort. Ich erkenne den Dschungel in Cans Iris, in dem der Schmerz lauert, und ich würde so gerne wissen, was er in meinen Augen sieht, ob es da mehr zu sehen gibt als Stützräder und Rollkoffer.

«Meinst du, es wäre für deine Eltern weniger schmerzhaft gewesen, wenn es dich getroffen hätte?», frage ich.

Cans Augen weiten sich, und ich höre, wie er Luft holt. Wenn man sich jemandem nah fühlt, dann darf man alles denken, alles sagen, alles fragen. Oder auch nicht. Ich habe das immer noch nicht begriffen. Ob ich ständig das Falsche denke oder einfach nur das Falsche ausspreche. Was genau es ist, das bei mir nicht stimmt.

«Tutmirleid», sage ich schnell und will meine Hand zurückziehen, aber Can hält sie fest.

«Schon in Ordnung. Ich hab mich das auch manchmal gefragt, aber es bringt nichts, verstehst du? Es bringt überhaupt nichts. Es zählt nur das, was ist. Alles andere ist Fahrradkette.»

Ich nicke. Permanenter Konjunktiv ist wahrscheinlich das beschissenste aller Leben.

Good News und Smile und eine Nachricht von Marie: Sie hat den verkackten Urs gefunden. Can und ich zeigen dem Dom unsere Rücken und schlurfen Richtung Schlossgarten. Ich spüre die Sonne wieder, sie pocht in meinen Schläfen. Cans Finger spüre ich auch noch, obwohl sie meine Hand nicht mehr umschließen. Wir haben auf unsere Smartphones geguckt und Maries Nachricht gelesen, und ich habe Cans Hand losgelassen. Ich wollte schneller sein als er. Das ist wie mit den Bussen, nur andersrum. Ich renne nie zu einem Bus, wenn die Strecke zur Bushaltestelle länger als sieben Meter ist. Selbst wenn der Bus die Türen noch geöffnet hat, ich renne nicht, ich tu lieber so, als ob ich ihn gar nicht bekommen möchte, als gehe er mich nichts an, dieser Bus. Zu groß die Entblößung, wenn ich renne und er mir vor der Nase davonfährt. Wenn ich gezeigt habe, wie sehr ich ihn erreichen möchte, und niemand den Fuß in die Tür hält. Zu schwer die Enttäuschung. Und das ist nur ein Bus. Can ist der Bus mal eine Million, so ungefähr. Lieber loslassen, bevor er loslässt. War doch nichts, waren doch nur zwei Hände.

Wir laufen nebeneinanderher, den Blick konsequent auf dem Bürgersteig, und wir sagen nichts, außer offensichtliches Zeug wie: ‹Wieso ist das so heiß?› und: ‹Wo sind Wolken, wenn man sie braucht?›. Im Schlossgarten begegnen wir erneut der Touristengruppe, die jetzt Blumen fotografiert.

«Guck mal hier, Renate, die gelben. Wie heißen die noch mal?», fragt eine Frau mit T-Shirt und roter Steppweste.

«Das sind Japanische Goldröschen», antwortet eine Frau in gestreiftem T-Shirt und Wandersandalen.

«Nein», mischt sich ein bärtiger Touristenmann ein. «Das ist ein Ranunkelstrauch.»

«Das sind Japanische Goldröschen», insistiert die Wandersandalenfrau. «Die haben wir in unserem Garten.»

«Das mag sein, liebe Renate, dass du Japanische Goldröschen in deinem Garten hast, das möchte ich gar nicht in Abrede stellen, aber das hier ist ein Ranunkelstrauch.»

«Ranunkelstrauch also», murmelt die Steppwestenfrau und bringt ihre Digitalkamera in Position.

Wir finden Marie unter einer Gruppe von Bäumen. Dort sitzt sie bei einem Rudel aus Jungs in T-Shirts und kurzen Hosen. In fünfzig Jahren werden sie grauhaarige Touristen sein, denke ich. Falls es die Welt dann noch gibt. Man feiert sich immer als einzigartiges Geschöpf, aber am Ende zieht man sich Wandersandalen an und fotografiert den Dom.

Wir lassen uns neben Marie nieder. «Endlich Schatten», japst Can. «Von der Sonne wird man voll schnullig im Kopf.» Er zieht sein T-Shirt über den Kopf und wischt sich mit Lady Gaga den Schweiß vom Gesicht. Ich schaue auf seinen nackten Oberkörper, aber dann zwinge ich meinen Blick auf den Rasen. Ist mir doch schnuppe, der Bus.

Can wendet sich an den Typen, der direkt neben Marie sitzt. «Du bist also Urs.»

Urs hat braune Locken, wie seine Schwester, aber auf seinem T-Shirt steht kein Spruch, sein T-Shirt ist einfach nur grün. Wahrscheinlich ist er so alt wie Jo und Marie, sechzehn oder siebzehn, aber er hat noch richtige Kinderbeine, so Stelzen mit hellen Haaren und blauen Flecken. Und auf seine Nase haben sich ein paar Sommersprossen verirrt.

«Und du bist wohl Can», sagt Urs. «Jo hat von dir erzählt, als er hier war.»

«Dann erzähl du uns doch bitte mal, wo wir Grandmaster Jo finden können.»

«Kann ich leider nicht.» Urs hebt entschuldigend seine Hände, und Can lässt sich stöhnend nach hinten auf den Rasen fallen. «Ich weiß echt nicht, wo er jetzt ist.»

«Handynummer?», fragt Can, aber Urs schüttelt nur den Kopf.

«Der hat kein Handy mehr.»

«Kein Handy. Das müsste verboten werden.» Can legt seinen Arm über die Augen. «Alter, es ist einfach zu heiß für den ganzen Scheiß hier.»

«Jo ist im Frühling hier gewesen», erzählt Marie und krault Cans Unterarm. «Und es ging ihm gut, als er hier war. Also für seine Verhältnisse gut. Du kennst ihn ja.» Marie strahlt. So gestrahlt hat sie lange nicht mehr. Gelächelt hat sie und gelacht, aber nicht gestrahlt. Und wenn ich mir so ansehen muss, wie Marie Cans Unterarm krault, da bin ich doch erleichtert, dass Jo Marie immer noch zum Strahlen bringt, dass sich daran nichts geändert hat, dass neben Marie kein anderer Name Platz hat außer Jo. Marie und Jo. Und dann lange nichts mehr.

«Ich habe meinen Eltern erzählt, dass Jo ein Praktikum in Fulda macht.» Urs knibbelt Schorf von einer Wunde an seinen Knien. «Sie haben nicht weiter nachgefragt, und er konnte bei uns pennen. Nach zwei Wochen ist er wieder abgehauen.»

«Aber er muss doch irgendwas erzählt haben. Wo er hinwollte», sagt Can, ohne seinen Arm von den Augen zu nehmen.

«Nichts Konkretes. Jo ist schließlich kein großer Quatscher. Er hat bisschen was erzählt. So von seinem Pa und von Marie. Und von der Band von eurem Kumpel. Blümchenschlüpper. Dass ich die mal live sehen muss. Vor zwei Wochen hat er mir eine Postkarte geschickt, weil die hier irgendwo in der Gegend bei einem Festival auftreten.»

Can nimmt seinen Arm von den Augen. Hebt den Kopf.

Stützt sich auf seine Ellenbogen. «Uschi, sag das doch gleich.» Und guckt Marie mit strenger Miene an. «Dir hat er das längst erzählt, der Uschi.»

«Ich habe sogar schon Otto geschrieben.» Marie greift mit ihrer Hand, die nun nicht mehr Cans Unterarm krault, nach ihrem Smartphone. «Das ist so ein ‹Umsonst und Draußen›, ungefähr eine halbe Stunde von hier. Und es beginnt nächste Woche Mittwoch.»

«Hat Jo denn geschrieben, dass er da sein wird?», frage ich.

«Das nicht, aber wird er bestimmt. Noch fünf Tage, ich packs nicht!» Marie umarmt mich fest, wir wiegen uns hin und her, und ich tätschele ihr ein bisschen den Rücken.

«Echt super», bringe ich mühsam heraus, weil alles wieder total verkorkst ist. Auf einmal ist es so konkret, noch fünf Tage, wir suchen Jo nicht mehr, wir finden ihn, und mir wird schlecht, weil es da noch eine Geschichte gibt, die ich irgendwo beim X versteckt habe, dort, wo keiner mehr nach Geschichten sucht, und dann habe ich sie noch hinter das X geschoben, um ganz sicherzugehen. Ich will, dass wir Jo finden, dass sich Marie und Jo in die Arme fallen, aber ich möchte am Ende nicht wieder der letzte Mensch sein, und ich wünsche mir, dass Jo für immer verschwunden bleibt, damit ich die Geschichte hinterm X einfach vergessen kann. Bis jetzt hat das ziemlich gut funktioniert.

Mir ist nicht schlecht, mir ist kotzübel. Vielleicht ist es aber auch nur die Sonne, die mir den Gnadenstich versetzt hat.

Ich sinke rücklings auf den Rasen und liege neben Can, und das ist schön, so zusammen unterm Baum zu liegen, aber Can, der richtet sich im gleichen Moment wieder auf und kommt zum Sitzen. War bestimmt nur Zufall, denke ich, hat nichts zu bedeuten. Ich schließe die Augen, und die Stimmen der anderen entfernen sich langsam. Sollen sie reden und entscheiden, das machen sie doch sowieso ohne mich, sollen sie entscheiden, was wann und wo, ich will nur dabei sein, vieles ist kompliziert, aber das ist ganz einfach. Ich will dabei sein. ‹Berechnet die Gegenkathete›, steht in Maries Mathebuch, es liegt aufgeschlagen auf ihrem Schreibtisch. «Vorgestern bei Can, da hat Jo mit einer anderen», sage ich, «das solltest du wissen», und ich sehe, wie der Glanz aus Maries Augen verschwindet, meine Mutter guckt mich streng an oder vielmehr enttäuscht und sagt wie so oft gar nichts. Sie hockt auf dem Portalbogen und hat eine Strickjacke über ihre Flügel gezogen. Auf der anderen Seite des Portalbogens hockt sie auch, und aus ihrem Gesicht wächst ein Entenschnabel. Federn fallen von meinen Augen, endlich wird mir alles klar: Wie soll sie reden, das kann sie ja gar nicht, mit dem Ding da. Entenschnabel. Ich habe es immer schon gewusst.

Ich versuche, ein Foto zu machen, für meine Zimmerwand, aber ich bekomme das Bild nicht scharf. Das liegt bestimmt an der Gegenkathete. Da ist meine Mutter, das weiß ich genau, aber auf dem Display sehe ich nur einen Brei aus Pastell.

Ein Kribbeln an meiner Nase. Bitte keinen Entenschnabel, denke ich, und werfe meinen Kopf hin und her. «Lass sie doch pennen», höre ich da und öffne die Augen. Ich sehe Can und Marie, vor ihnen auf dem Rasen stehen zwei Bierflaschen, und Can hält einen Grashalm in der Hand.

«Ich bin wach», murmele ich und richte mich auf.

«Wir haben schon mal mit der Party angefangen.» Can hält eine der Bierflaschen in die Höhe.

«Aber wir müssen nach Künzell», sage ich und betaste meine Nase und meine Lippen. Kein Entenschnabel. Dann meine Mundwinkel. Kein Sabber, auch kein getrockneter. Alles halb so schlimm, sage ich mir. Schuld war nur die Sonne.

Can und Marie haben entschieden, dass sie nie wieder nach Künzell zurückkehren werden.

«Urs hat uns auf eine Party eingeladen. Von seinem Kumpel Bjarne», sagt Marie, «da wollen wir hin. Und da können wir auch pennen.»

Ich nicke, alles klar, bin dabei, selbst wenn ich keine Lust auf einen Abend mit zockenden Jungs und Skatervideos habe, bin dabei. Was auch sonst.

Wieder einmal liege ich komplett daneben. Wenn es dafür eine Auszeichnung gäbe, sie stünde in meiner Glasvitrine. Die ich gar nicht habe, aber ich würde sie mir sofort kaufen, wenn es so eine Auszeichnung gäbe. Oder wenigstens eine Stempelkarte. Die wäre bei mir voll, so schnell könnte man gar nicht Stempelkarte sagen. Die Party ist bei einem Typen namens Bjarne, dessen Eltern mit seiner kleinen Schwester Urlaub auf Madeira machen. So weit stimmen Vorstellung und Realität noch überein.

Der Rest ist Exzess.

Das Wohnzimmer von Bjarnes Familie ist riesig und voller Menschen, ich hätte nie gedacht, dass es in dieser Stadt so viele Sechzehnjährige gibt. Sie stehen zwischen den Möbeln und schreien sich an, weil die Musik so laut ist. Sie tanzen, mit geschlossenen Augen und geöffneten Mündern. Stecken Zungen in die geöffneten Münder. Sie plündern Kinderzimmer und Kleiderschränke. Tragen Sakkos und Krawatten, riesige Poloshirts, Paillettentops. Ein Typ hat sich einen Spitzen-BH um sein Hemd geschnallt, ein Mädchen rote Strapse über ihre Jeansshorts. Bewerfen sich mit Tampons und Kuscheltieren, ein pinkes Einhorn fliegt an meinem Kopf vorbei. Dann eine Zimmerpflanze. Ohne Topf. Ein Typ sitzt auf einem Dreirad und zieht Kreise um die tanzenden Beine. Ein Mädchen zieht sich irgendein Pulver durch die Nase.

Auch im Garten sind Menschen, aber sie stehen nicht, sie liegen, nebeneinander, übereinander, umeinander gewickelt. Irgendwer hat in der hinteren Ecke des Gartens ein Lagerfeuer angezündet. Und da wird gesessen. Das wohnt dem Menschen inne, dass man am Lagerfeuer sitzt und Marshmallows grillt, Exzess hin oder her.

Urs springt im Wohnzimmer auf alle Einrichtungsgegenstände, sein Körper zuckt zur Musik, seine Locken sind nass vom Schweiß, später sehe ich ihn im Garten, er knutscht mit einem Mädchen, das zehn Jahre älter aussieht als er, beide Hände unter ihrem T-Shirt. Ich habe mich von drei Sommersprossen täuschen lassen. Her mit der Stempelkarte.

Ich kämpfe mich im Wohnzimmer durchs Leibermeer und finde Can in der offenen Küche. Neben Can steht ein schlaksiger Junge mit blonden Haaren und Pickeln auf der Stirn. Sie teilen sich einen Vanillepudding.

«Das ist Bjarne», ruft Can und zeigt mit seinem Löffel auf den Jungen. Der Junge grinst, zwischen den Schneidezähnen hat er eine Lücke. «Ich liebe Sahnepudding!», ruft er. Seine Pickel und seine Augen leuchten. «Aber nur Vanille.» Er lässt seinen Löffel auf den Fliesenboden fallen und hüpft zurück ins Wohnzimmer.

«Was haben die genommen?», brülle ich Can ins Ohr.

«Fulda tötet mich!», brüllt er gut gelaunt zurück. Er küsst mich auf die Stirn, und im nächsten Moment ist er verschwunden.

Ich schaue auf den Becher mit dem Vanillepudding. Er ist noch halbvoll, aber ich mag nur Schoko. Im Kühlschrank finde ich eine Flasche Sekt.

Es gibt Nächte, ja, manchmal gibt es so Nächte, die sind frei von Gedankenstrichen, da hat man mit sich und der Welt Freundschaft geschlossen, Brüderschaft getrunken und sich danach noch ordentlich abgeknutscht. Heute ist exakt so eine Nacht.

Vielleicht liegt es am Sekt, der hat sich schon nach dem fünften Schluck heftig in mein Hirn geballert, und inzwischen ist die Flasche leer. Ich sitze auf der Toilette und trage eine neongrüne Badekappe auf dem Kopf. Ein Typ hat sie mir im Wohnzimmer über meine Haare gezogen. Er selbst hatte eine Badehose auf dem Kopf. Eine rote. «Jetzt sind wir Bademeister!», hat er geschrien, und ich habe losgekichert, wegen Sekt und Badekappe und allem, weil ich auf einmal wieder sechzehn bin. Wir haben die Tanzmeute angerempelt und immer wieder gebrüllt: «Nicht ins Becken springen!», und niemand war sauer auf uns, sie fingen sogar an, in die Luft zu springen und mit den Armen durch die Luft zu rudern wie beim Kraulen. Ein Mädchen hängte mir ein Band mit einer Trillerpfeife um den Hals, ich griff mir einen Stoffdelfin und klemmte ihn unter den Arm, ich amüsierte mich bademeisterlich. Als mein Kollege dann noch brüllte: «Nicht ins Becken pinkeln!», da fand ich das so witzig, dass ich mich selber fast einpinkelte. Ich rannte schnell aufs Klo, und da sitze ich nun. Der Boden ist voll mit Klopapier, und an den Spiegel hat jemand mit Zahnpasta ‹Fulda› geschrieben. Vielleicht liegt es ja gar nicht am Sekt. Vielleicht liegt es an Fulda. Vielleicht ist das ein Zeichen, ein Zeichen aus Zahnpasta zwar, aber wenn man ein Zeichen erhält, dann sollte man nicht pingelig sein, dann zählt das Zeichen und nicht die Zahnpasta. Kann ja nicht immer ein brennender Dornbusch sein. Vielleicht sollte ich nach Fulda ziehen. Neue Stadt, neue Namen, neues Leben, neues Ich.

Zurück im Wohnzimmer, erzähle ich das auch jedem Tanztier, ob Bär, ob Maus, da mache ich keinen Unterschied, und dann noch den Typen am Lagerfeuer, ich erzähle es Can, der gerade ein verkohltes Marshmallow vom Stock löst, er hört mir gar nicht zu, murmelt nur: «Grillen ist so eine kranke Fickscheiße», ich erzähle es Marie, die neben einem Mädchen sitzt, in den Himmel starrt und auf Sternschnuppen wartet, während das Mädchen zärtlich ihren Rücken streichelt, ich erzähle es den Leuten auf der Liegewiese: «Vielleicht sollte ich nach Fulda ziehen», bis irgendwer sagt: «Fulda ist doch auch nur Fulda», und den finde ich ziemlich brillant, den Satz, also beginne ich eine neue Runde und brülle in sämtliche Gehörgänge: «Fulda ist doch auch nur Fulda!» Das sollte man auf T-Shirts drucken, das hätte endlich mal Substanz. Oder auf

Badekappen. Und dann mache ich sie groß, die Badekappen. Ich hole mir noch eine Flasche Sekt und lasse den Korken knallen, mit dreizehn darf man Zicke sein, mit sechzehn ist man frei, aber mit neunzehn ist noch nichts verloren, ich bin volltrunken vor Glück, dass es mich gibt.

Um kurz vor fünf tippt mir Marie auf die Schulter.

«Ich will pennen, kommst du mit?»

«Hast du Sternschnuppen gesehen?», frage ich.

«Nein, aber ich habe rumgeknutscht. Das war bisschen wie Sternschnuppen gucken.» Sie kneift ihr linkes Auge ein wenig zusammen und guckt mich an. «Steht dir. Die Badekappe.»

«Ich weiß», sage ich.

Wir rollen uns auf dem rosa Flauschteppich im Kinderzimmer zusammen, und als ich irgendwann die Augen aufmache, weil die Sonne so grell ins Zimmer scheint, da sehe ich, dass Can auf dem Boden neben uns liegt, sein Kopf auf dem Einhorn, im Arm die Zimmerpflanze, und auf seiner Stirn steht mit Lippenstift ‹Sexmachine›. Ich ziehe die Vorhänge vor das Fenster und lege mich wieder hin. Dann robbe ich aber doch noch zu Can hinüber und wische ihm den Lippenstift von der Stirn. Muss ja nicht jeder den brennenden Dornbusch sehen.

Am frühen Nachmittag stehen wir auf. Und legen uns im Garten direkt wieder hin.

«Wir wollen vor dem Festival noch mal nach Hause fahren», brummelt Marie unter einem T-Shirt hervor, das sie sich über das Gesicht gelegt hat.

Könnt ihr machen, ich bleibe hier, denke ich kurz, und ich könnte das auch wirklich sagen, weil ich das Lenkrad halte und der Kram, aber dann würden sich Marie und Can an die Straße stellen und den Daumen raushalten, und ich wüsste doch gar nicht, was ich hier alleine soll. Außerdem stimmt schon, ist nicht so richtig Kiki, die Idee. Wir sind pleite, und Can hat nur noch eine saubere Unterbuchse im Rucksack.

«Ich müsste mal nach Vika schauen», sagt Marie.

Can winkt Bjarne zu, der gerade aus dem Wohnzimmer in den Garten tritt. «Wenn wir jetzt losfahren, müssen wir nicht beim Aufräumen helfen!», ruft Can, aber Bjarne zuckt gelangweilt die Schultern. «Wir müssen eh nur das Grobe machen. Morgen kommt die Putzfrau.» Ich weiß nicht, wie das im Grundgesetz geregelt ist, aber ich denke, wer feiert, der muss auch aufräumen. Oder die Putzfrau wenigstens zur Party einladen. «Von wegen», sagt Marie und schiebt sich das T-Shirt vom Gesicht. «Das machen wir selbst.» Marie ist eine Putzfrauentochter. Ihre Mutter putzt jede Nacht die Großraumbüros unserer Stadt. Vor einigen Monaten hat Marie einen Streuselkuchen mitgebracht. «Von meiner Mutter», hat sie gesagt und den Kuchen auf die Holzpaletten gestellt. «Sie arbeitet jetzt in der Chefetage.»

«Ich kann heute sowieso nicht fahren», bekräftige ich, weil der Sekt ziemlich mies in meinem Kopf rumort. Wir wollen direkt mit dem Aufräumen loslegen, und eine Stunde später sind wir aufgestanden. Vorsichtig auf die Seite drehen, Beine anwinkeln, auf die Knie kommen, ein Bein aufstellen, dann das andere, Gleichgewicht nicht verlieren, den Oberkörper aufrollen. Das braucht seine Zeit. Wir fegen, saugen, putzen, schrubben, verzweifeln ein bisschen, räumen die Klamotten wieder ins Ankleidezimmer neben dem Elternschlafzimmer, bringen die Stofftiere zurück in das Kinderzimmer, ich stecke die Badekappe heimlich in meinen Koffer, und gegen Mitternacht sind wir fertig. Spuren gibt es immer noch, aber es sind eher Indizien als Beweise.

«Wieso sind die Bullen eigentlich nicht aufgetaucht?», fragt Can, als wir uns erschöpft auf die Sofas fallen lassen. Bjarne grinst wieder wie Sahnepudding.

«Ein Drittel der Siedlung ist im Urlaub, ein Drittel trägt nachts keine Hörgeräte, und ein Drittel war auf der Party.»

Wir drei nicken synchron. Fulda kann paradiesisch sein. Solange du keine Putzfrau bist.

Am nächsten Tag steigen wir in meinen Corsa, tanken ist tatsächlich keine große Sache, tanken ist eine Nebenerscheinung, und wir fahren nach Hause.

Nur fünf Tage, die wir fort gewesen sind. Seltsam.

Der Routenplaner zeigt eine Fahrtzeit von fünfeinhalb Stunden an, Bundesstraßen nerven, wir machen keine Pause, weil einen Pausen auch nicht weiterbringen. Can erdenkt sich neue Schimpfworte aus Buchstaben, die auf den Nummernschildern vorbeifahrender Autos stehen.

«B-OMmelmützenträger, ParkBank-Anpinkler, E-LfenstaubVerschlucker, M-OtorBootbesitzer, DOsen-BierVerweigerer, MuSi-KLehrerliebling, BalkOn-Urlauber.»

Ich finde keines davon wirklich überzeugend. «Elfenstaubverschlucker, ich weiß ja nicht», beginne ich, doch Marie raunt mir schnell zu: «Hauptsache, der Junge ist beschäftigt», und das stimmt wohl. Menschen, die auf Rückbänken sitzen, sind nie zufrieden. Entweder ihnen wird schlecht, und sie kotzen, oder sie werden schlecht gelaunt und motzen. Da muss man froh sein, wenn sie eine Beschäftigung gefunden haben, da muss man sie einfach machen lassen, diese R-üCkBanksitzer. Das nächste Mal vielleicht doch Autobahn, denke ich. Was interessiert mich meine Angst von morgen, wenn ich gerade zwischen Lkws von roter Ampel zu roter Ampel schleichen muss?

Am Abend kommen wir im Hinterhof an. Zur Feier unserer Rückkehr tragen Can, Marie und ich kollektiv Lady-Gaga-Shirts. Ich habe das mit dem pinken Hut abbekommen. Es sind fast alle im Hinterhof versammelt. Unser Pavel und Leroy stehen vor einem Stapel aus Latten und Kanthölzern. Leroys Bruder, der kleine Marvin, lehnt an der Mauer und schaut auf sein Smartphone. Vika sitzt auf den Holzpaletten. Auf ihrem T-Shirt steht ‹live free think less›. Otto fehlt. Aber heute ist Samstag. Am Samstag ist Otto nie da.

Vika quietscht, als wir den Hinterhof betreten, sie rennt zu Marie, umarmt sie und heult los. Bisschen so, als wären wir nie weg gewesen. Unser Pavel zieht Can sofort zu den Latten und Kanthölzern. «Das ist ... also, das wird der Aussichtsturm.»

Marie und Vika setzen sich auf die Holzpaletten. Maries Hand liegt auf Vikas rechter Schulter. Can klopft unserem Pavel auf die linke Schulter. «Sieht echt gut aus, der Turm.»

«Ist ja noch keiner, aber bald», sagt unser Pavel. «Leroy ... er hat viel geholfen.» Und da sehe ich ein kleines Lächeln auf Leroys Gesicht. Tatsächlich ein kleines Lächeln.

Ich stehe immer noch in der Einfahrt. Unser Pavel hebt

die Hand und ruft: «Hey, Entenarsch.» Als wären wir nie weg gewesen. Ich ziehe mir das Lady-Gaga-Shirt über den Hintern.

Will ein Mensch dazugehören, dann muss er im Hinterhof abhängen. Aber es gibt Momente, da merkt man, dass das nicht reicht. Ich merke das. Ich stehe hier in der Einfahrt und merke, dass das nicht reicht. Auch nicht, wenn ich wie die anderen ein Lady-Gaga-Shirt trage. Wir spielen nicht im gleichen Team. Noch nicht mal in der gleichen Liga. Vielleicht ist es gar nicht die gleiche Sportart. Die spielen Fußball. Ich spiele Pingpong. Und ich wundere mich, dass ich die Regeln nicht kapiere. Wie auch. Im Pingpong gibt es kein Abseits, glaube ich zumindest, ich habe absolut keine Ahnung von Pingpong. Aber auf dem Hinterhof ist das meine Position. Abseits. Und Abseits ist immer scheiße. Beim Fußball und auf dem Hinterhof. Da will doch niemand stehen. Habe noch nie gehört, dass jemand gesagt hat: ‹Das war aber eine schöne Abseitsposition.› Sagt auch keiner: ‹Can, du bist im Sturm, unser Pavel sichert das Mittelfeld ab, und Entenarsch, du bleibst immer brav im Abseits.› Ist doch kacke, so spielt doch keiner. Ich gucke runter auf mein T-Shirt. War alles ein Irrtum. Nur weil du das Trikot von Ronaldo trägst, kannst du trotzdem nicht Fußball spielen. Entenarsch mit der Nummer 0 steht wiederholt im Abseits. Aber sie wird nicht ausgewechselt, sie wird einfach nicht mehr angespielt. Sie spielt nicht mehr mit. So ist das wohl. Wo man steht, wird einem erst deutlich, wenn man weg gewesen ist, wenn man mal woanders gestanden hat. Und dann ist man zurück und steht da. Und fragt sich, wie einem das hatte genügen können. Holzpaletten und Metallstühle und Plastiksäcke mit Pfandflaschen. Vielleicht ist es nur das, was es ist. Ein Hinterhof. Ein halber Aussichtsturm und ein Leroy, der jetzt lächeln kann.

«Ich geh dann mal nach Hause», sage ich und gehe, und keiner hält mich auf. Ich habe mich selber ausgewechselt. In meiner Wohnung ziehe ich mir die Badekappe über. Und dann fange ich an zu heulen.

So endet also die Geschichte.

Wir wollen am Mittwoch um 9 Uhr los. *Lion Face* Geht in Ordnung?

Mittwoch um 10. Can sagt 9, aber der verpennt sowieso. *Speak-No-Evil Monkey*

Mittwoch um 9. Sag kurz, ob klargeht. *Flexed Biceps Flexed Biceps Flexed Biceps*

Hallo?

Cannyboy und ich Montag Dienstag Doppelschicht. *Money Bag Money Bag*

Mittwoch 9. Geht klar? *Tractor Automobile Delivery Truck Bicycle Kick Scooter*

??? *Fuel Pump*

Oncoming fist

Sag mal an. *Smiling face with sunglasses*

Thinking face

Alles Fidschi bei dir?

Ich schicke keinen Daumen hoch zurück. Keine Sonnenblume. Kein Pandagesicht. Ich lasse die Geschichte einfach zu Ende sein.

Den Sonntag überstehe ich, indem ich auf dem Sofa sitze und vor mich hin starre. Da ist nicht sonderlich viel, auf das ich starren kann. Beim Einzug habe ich gedacht, wenn ich ein Sofa in die Küche stelle, dann verwandelt sich der Raum in eine Wohnküche. Stimmt nicht. Es ist nur eine Küche mit Sofa. Liegt wahrscheinlich an den weißen Fliesen. Oder an der billigen Einbauküche mit hellbrauner Front vom Vormieter. Dass keine Gemütlichkeit aufkommt. Die man doch braucht, in einer Wohnküche. An dem Sofa liegt es nicht. Das ist rot mit kleinen weißen Punkten. Auf dem sitze ich und starre auf den Backofen. Irgendwann stelle ich den Backofen auf hundert Grad, damit da wenigstens ein Licht ist, auf das ich starren kann. Den Benachrichtigungston vom Smartphone habe ich von Smile auf Whisper gestellt. Die Türklingel bleibt stumm. Alles ist still. Fühlt sich nicht gut an. Natürlich fühlt es sich nicht gut an.

Am Montag fange ich an, meine Wohnung zu putzen. Putzen hilft, wenn man nicht weiterweiß. So sagen die Leute. Das Leben hat keinen Sinn, aber mein Waschbecken ist sauber. Das Licht am Horizont ist nur eine Lampe im Backofen, aber hey, es liegt kein Staub mehr unterm Schrank.

In mein Schlafzimmer passen gerade mal ein schmales Bett und eine Kommode. Da habe ich schnell durchgewischt. Also wechsele ich noch die Bettwäsche. Statt weißer Dreiecke auf grünem Grund nun bunte Kreise auf weißer Fläche. Ich habe ein paar Prinzipien in meinem Leben. Eines davon ist Bettwäsche mit geometrischen Mustern. Ein Wohnzimmer habe ich nicht, das verkürzt das Putzen fürs Seelenheil enorm. Mit Staubwedel und Eimer gehe ich in die Küche mit Sofa, und da frage ich mich. Ich frage mich, ob sich meine Küche irgendwann ergibt und in eine Wohnküche verwandelt, wenn ich von nun an beharrlich ‹Wohnküche› zu ihr sage. Ob Maries Leben anders aussehen würde, wenn sie eine Eva wäre oder eine Judith. Ob meine Mutter vielleicht glücklicher wäre, wenn sie Leyla hieße. Oder Wolfgang. Ob ich zum Entenarsch geworden bin, weil ich so genannt werde. Oder ob ich so genannt werde, weil ich einer bin. Oder ob ich genauso wenig ein Entenarsch bin, wie meine Küche mit Sofa eine Wohnküche ist. Ob Namen Realität schaffen oder Realität nur in Namen ausgedrückt wird. Oder ob Realität und Namen zwei Paar Schuhe sind. Die Realität ist ein Paar ausgelatschter Sneakers, an denen man nicht riechen sollte, und Namen sind High Heels, die den kleinen Zeh einklemmen und an der Hacke böse Blasen machen. Ich putze die Küche, ohne irgendeine Antwort zu finden. Noch nicht mal in der Ecke hinterm Altpapier. Dafür finde ich da das Formular für die Rückmeldung zum nächsten Semester. Es ist längs in der Mitte durchgerissen, und ich zerreiße es so lange, bis es nur noch eine Handvoll weißer Schnipsel ist.

Nun ist alles egal, und ich gehe in den kleinen Flur. Zu meinem Schreibtisch. Weiß steht er da, auf dünnen wackligen Beinen. Holzwerkstoff. In den letzten vierzig Stunden habe ich ihn gekonnt ignoriert. Jeden Gedanken an ihn verdrängt. An den Tagen davor ist es leichter gewesen, da hatte ich ihn nicht ständig vor Augen. Aus den Augen, aus dem Sinn, oder wie unser Pavel wahrscheinlich sagen würde: ‹Aus den Augen … aus dem Kopf … aus die Laus.› Auf dem Schreibtisch liegen die Studienmaterialien vom letzten Semester. Da liegt all das Zeug, das in der Geschichte dieses Sommers nichts zu suchen hat.

Linguistik I

Heldenfiguren im Deutschunterricht

Der Nebensatz

Avantgarden

Mündliche Diskurskompetenz

Nichts hat das mit mir zu tun. Außer der Nebensatz vielleicht. So ein Nebensatz kann auch nicht alleine sein, schätze ich mal, alleine macht er keinen Sinn. Weil er ein Nebensatz ist. Aber was weiß ich schon von Nebensätzen. Das Seminar habe ich nach ein paar Wochen abgebrochen.

Ich greife mir die Avantgarden und reiße sie in Stücke. Zerfetze die Linguistik. Vernichte die Heldenfiguren im Deutschunterricht. Zerstöre die Mündliche Diskurskompetenz. Nur den Nebensatz lasse ich leben. Denn der hat es schon schwer genug. Ich werfe die weißen Schnipsel in die Luft. Schöner Scheitern mit Konfetti, denke ich mir. Und ich denke mir, dass das mit dem Putzen fürs Seelenheil ein großer Humbug ist. Dass das ein Mythos ist, der von einer Putzmittelfirma stammt. Dass es mir null besser geht.

Vielleicht liegt es aber auch an mir. Vielleicht ist das nur für Menschen, die Japanische Goldröschen im Garten stehen haben oder Buchstaben tanzen. Ich tanze Fragezeichen.

Ich starte einen letzten Versuch, zwänge meine Schmutzwäsche in den Rollkoffer und gehe zum Waschsalon.

Auf den Stufen vor dem Waschsalon sitzt ein Typ mit weit ausgeschnittenem T-Shirt und ausgeprägter Brustmuskulatur, der sich gerade eine Selbstgedrehte anzünden will. Ich bleibe direkt vor ihm stehen.

«Kannst du links vorbei, oder was», sagt er.

«Hallo, Achmad», sage ich, und als ich seinen fragenden Blick sehe: «Die von der Autobahnauffahrt. Nicht die Hübsche, die andere.»

Da lacht er laut, und die Selbstgedrehte bleibt an seiner Unterlippe hängen. «Hab schon gehört, ihr seid wieder da. Aber nur bis Mittwoch, oder was. Dann geht es weiter.»

«Genau, am Mittwoch geht es weiter», sage ich.

Achmad. Retter, Ritter, Held, Gott aus der Maschine. Er taucht auf, wenn alles aussichtslos scheint. Und wenn er sagt, dass es weitergeht, dann ist die Geschichte noch nicht zu Ende. Auch nicht für mich. Keine Ahnung, ob die Heldenfiguren im Deutschunterricht auch so ein tief ausgeschnittenes Shirt tragen. Ich habe das Seminar nicht besucht. Und jetzt ist ohnehin alles Konfetti.

Mit einem lauten Seufzen steht Achmad auf. Sein Job ist erledigt. Er hebt kurz die Hand, «Alles Fidschi, bis bald», und verschwindet hinter der nächsten Hausecke.

Im Waschsalon stopfe ich den Inhalt vom Rollkoffer in eine der Maschinen. Dann hole ich mein Smartphone aus der Hosentasche und schicke an Can und Marie Daumen hoch, Sonnenblume, Pandagesicht. Ich hole tief Luft, und es fühlt sich an, als ob ich zwei Tage lang nicht geatmet hätte. Der Sommer ist noch nicht vorbei, der Herbst kommt schnell genug. Und offene Enden sind was für Feiglinge.

Am Dienstag gehe ich zur Bank und hebe 250 Euro von meinem Sparbuch ab. Der neue Saldo beträgt 4,23 Euro. Wahrscheinlich sind das die Zinsen der letzten achtzehn Jahre.

Ich streiche kurz über die Euroscheine, bevor ich sie in mein Portemonnaie stecke. Ich musste dafür keine Doppelschichten beim Penny schieben. Ich musste dafür nur Geburtstag haben oder an Weihnachten nett lächeln, wenn mir ein Briefumschlag in die Hand gedrückt wurde.

Meine Eltern überweisen mir jeden Monat 200 Euro. Zusammen mit dem Kindergeld und meinem Gehalt vom Penny komme ich über die Runden. Und wenn ich kein Geld mehr habe, am Ende des Monats, fahre ich zu meinen Eltern an den Stadtrand. Dort ist der Kühlschrank immer voll. Alle anderen vom Hinterhof wohnen noch bei ihren Eltern. Und das machen sie nicht unbedingt, weil sie das da so super finden. Was meine Eltern wohl sagen werden, wenn sie erfahren, dass meine Zukunft nur noch aus weißen Schnipseln besteht. Mein Vater wird vielleicht den Kopf schütteln und sagen: ‹Das haben wir aber anders geplant›, und meine Mutter wird nur den Kopf schütteln, ohne etwas zu sagen, und ich werde versuchen, die Schnipsel zu neuen Mustern zusammenzulegen, und hoffen, dass ich nicht zurück in mein altes Kinderzimmer ziehen muss. Aber das kläre ich im Herbst. Jetzt ist Sommer, und jetzt habe ich 250 Euro in der Tasche. Ich bin Meisterin der Verdrängung. Vielleicht hätte ich Geschichte studieren sollen.

Als ich meine Wohnungstür aufschließe, ertönt Whisper. Eine Nachricht von Jos Mutter. Sie erinnert sich wieder daran, dass der Schulfreund von Jo, also nicht Urs, sondern der andere, nach Ulm gezogen ist. Nicht wirklich Bayern, aber die Himmelsrichtung stimmt. Richtung Süden. Fünfzehn Cent wurde der Junge immer genannt. Seine Eltern besaßen ein Büdchen, und seine Freunde durften sich für fünfzehn Cent Süßkram aussuchen, wenn sie ihn besuchten. Sein richtiger Name fällt ihr nicht mehr ein. Sie schickt mir das Foto von einem alten Foto. Zwei Jungs lehnen an einer Mauer. Sie sind zehn oder elf Jahre alt. Der Junge neben Jo ist einen Kopf größer als er, und er ist nicht nur ein bisschen pummelig, er ist so richtig dick. Und er lacht über das ganze Gesicht.

Ich schreibe ‹Danke› an Jos Mutter, zögere kurz und setze dann noch ein Sonnengesicht hinter das ‹Danke›. Ich ändere meinen Benachrichtigungston von Whisper zurück auf Smile.

Ich packe meinen Rollkoffer, und dann weiß ich nichts mehr mit mir anzufangen. Geputzt habe ich ja schon. Es ist Dienstagabend, und ich fühle mich wie ein Nebensatz. Ich ergebe keinen Sinn. Zeit, dass es wieder losgeht.

AM MITTWOCHMORGEN stehe ich um fünf vor neun in der Einfahrt vom Hinterhof. Dass ich zögere, den Hinterhof zu betreten, liegt diesmal nicht an Fußball und Abseitspositionen. Das liegt eher an dem Pärchen, das sich einen der Metallstühle teilt und knutscht. Auf dem Metallstuhl sitzt Leroy. Und rittlings auf Leroy sitzt unser Pavel. Seine Hände streicheln Leroys Nacken, während Leroys linke Hand hinten in Pavels Hosenbund steckt. Sein rechter Arm hängt locker hinunter. Zwischendurch hören sie kurz auf zu knutschen, flüstern sich ein paar Worte zu und lächeln. Leroy kann also wirklich lächeln. Dann knutschen sie weiter. Mich nehmen sie gar nicht wahr. Entweder haben sie alles um sich herum vergessen, oder ich bin einfach nicht in ihrem Blickfeld. Ich bleibe in der Einfahrt stehen, weil ich nicht sicher bin, ob ich sehen darf, was ich da sehe, ob das was Offizielles ist oder ob ich sie bei irgendwas ertappe, was geheim bleiben sollte, und am Ende sind alle peinlich berührt. Das ist immer blöd. Hätte ich meinen Rollkoffer bloß nicht im Corsa gelassen. Das Rattern hätten sie gehört, da wäre ich noch drei Häuser weit weg gewesen. Wenn ich mich jetzt aber umdrehe und gehe, dann wäre ich vielleicht eine Bewegung im Augenwinkel. Und dann stünde die Frage im Raum, warum ich mich wegschleichen wollte wie so ein Amateurdieb. ‹Wollte nicht stören›, würde ich nuscheln und wäre ganz verlegen. Da stehe ich lieber regungslos in der Einfahrt und schaue Leroy und unserem Pavel beim Knutschen zu.

«Hier wird nicht gefummelt. Das ist ein ordentlicher Hinterhof!», brüllt es kurze Zeit später hinter mir. Ich drehe mich erschrocken um, und da steht Can mit seinem Rucksack über der Schulter.

Unser Pavel löst sich von Leroys Lippen und lacht. Niemand ist peinlich berührt. Nur Leroys Hand steckt nicht mehr in Pavels Hosenbund. Can geht über den Hinterhof und setzt sich auf die Holzpaletten. Ich bleibe weiter in der Einfahrt stehen. Kann mir selbst nicht erklären, warum. Aber man muss ja nicht immer alles verstehen. Schon gar nicht sich selbst.

«Ich muss gleich zu Otto. Fahre mit den Blümchenschlüppern ... mit denen fahre ich doch aufs Festival», sagt unser Pavel und rückt seine Brille zurecht, die ihm zuvor ein bisschen schief auf der Nase gesessen hat. «Da müssen wir vorknutschen.»

Leroy sagt nichts und guckt ausdruckslos. Ist ja nicht so, als ob er auf einmal ein anderer Mensch wäre. Nur weil er jetzt ab und zu mal lächelt.

«Das wird ja wie Klassenfahrt», ruft Can.

«Du könntest auch bei uns mitfahren», schlage ich unserem Pavel vor. «Neben Can ist noch ein Platz frei.»

«Aber euer Auto ist doch ... das ist voll», antwortet unser Pavel.

Bevor ich auch nur verwundert die Stirn runzeln kann, höre ich Stimmen hinter mir.

Es sind Marie, Vika und Vikas Tochter Fine. Fine sitzt im Kinderwagen und schaut konzentriert nach vorn.

Vika trägt ein T-Shirt, auf dem ‹yesterday tomorrow now› steht, und sie hat eine Sporttasche dabei. Ich befürchte, dass sie damit nicht ins Fitnessstudio möchte.

Statt also verwundert die Stirn zu runzeln, ziehe ich fragend die Augenbrauen nach oben. Abgenutzte Geste, aber sie funktioniert einwandfrei.

«Die Vika, die muss mal raus», sagt Marie.

«Fine auch?», frage ich nur.

«Natürlich. Fine kommt auch mit», antwortet Vika. Hohe Tonlage bei den Vokalen. Ich muss sofort an die kleine Schwester von Urs denken.

«Kindersitz?», frage ich. Gegen Fine habe ich nichts, sie ist anderthalb Jahre alt und eine schweigsame Beobachterin mit großen braunen Augen. Auf ihrem Shirt tanzt meist irgendein Tier, heute ist es ein Pinguin, weit und breit kein schlauer Spruch, was ich grundsätzlich sympathisch finde. Aber wenn ich schon nicht gefragt werde, dann will ich mich wenigstens um nichts kümmern müssen. Also frage ich noch einmal:

«Kindersitz?»

Als ob er das Stichwort beim ersten Mal nicht gehört hätte, kommt Leroys kleiner Bruder Marvin um die Ecke gerannt. Unter seinem Arm klemmt ein Kindersitz. Er bleibt vor Can stehen und streckt ihm den Kindersitz entgegen.

«Von meinem Bruder.»

«Wusste gar nicht, dass ihr noch kleine Geschwister habt»,

sagt Can und stellt den Kindersitz neben sich auf die Holzpaletten. Marvin schüttelt den Kopf.

«Nein, mein Bruder, also so Halbbruder halt, der ist Vater.»

«Du bist schon Onkel?»

«So halber Onkel eben.»

«Alles klar, Checker», Can hält ihm die Faust hin. «Auf jeden Fall danke fürs Borgen.»

«Weiß der nicht, aber hat eh keinen Führerschein gerade.»

Als Marvin in den Hinterhof gekommen ist, hat sich unser Pavel von Leroys Schoß erhoben. Nicht hektisch, aber schon so, dass jeder auf dem Hinterhof einen Zusammenhang zwischen beiden Aktionen erkennen konnte. Sogar Vika.

Marvin starrt auf den Boden.

Alle werfen sich Blicke zu. Can schaut unseren Pavel an, unser Pavel schaut zu Leroy, Leroy schaut ausdruckslos, Marie wechselt Blicke mit Vika. Fine zeigt mit dem Finger auf Marvin und sagt «Aua».

Es ist keine Überraschung, dass es Can ist, der mal wieder die Playtaste findet. Er schnappt sich den Kindersitz und ruft: «Wir müssen los.»

Alle geraten in Bewegung. Der Hinterhof hat entschieden, das mit Marvin und Leroy ist eine Sache unter Brüdern. Wie unser Pavel manchmal sagt: ‹Blut ist wichtig ... also wichtiger als Orangenlimo.› Vielleicht denken aber alle nur, dass sie den Festivalstart nicht verpassen wollen. Vielleicht ist es eher eine Frage der Priorität. Und eine Frage der Bequemlichkeit. ‹Ich würde ja. Aber es ist eine Familienangelegenheit›, sagt sich leicht daher mit hochgezogenen Schultern und Bedauern im Blick, ‹da hält man sich raus.› Aber am Ende der Welt ist ‹Das regeln Brüder besser unter sich› wahrscheinlich auch nur so ein Mythos wie ‹Putzen hilft, wenn man nicht weiterweiß›.

Can, Marie, Vika und ich gehen zu meinem Corsa. Fine wird geschoben. Ich habe den Hinterhof tatsächlich nicht betreten. Als ob da jemand einen Bann ausgesprochen hätte.

Wir quetschen alle Taschen und Rucksäcke in den Kofferraum, den Kinderwagen schiebt Marie zurück in den Hinterhof. Für ihn gibt es keinen Platz mehr.

«Hat mir ja keiner gesagt», kann ich mir nicht verkneifen, als Vika skeptisch meinen Rollkoffer mustert.

«Voll in Ordnung», sagt sie , «bin ja froh, dass ich bei euch mitfahren kann.» So viel Freundlichkeit von Vika trifft mich vollkommen unerwartet.

Can und Vika befestigen den Kindersitz an der Rückbank. Als ich sehe, wie Can planlos auf eine Schlaufe starrt, drehe ich mich um. Ich will das gar nicht so genau mitbekommen. Nach ein paar Minuten sagt Vika: «Ach, das passt schon.» Ist ja ihr Kind, denke ich, ‹Ich würd ja, aber Familienangelegenheit›, und Fine wird in den Kindersitz gehoben. Marie und Vika zwängen sich neben sie auf die Rückbank. Can sitzt auf dem Beifahrersitz. Bloß nicht nervös werden, sage ich mir, ist doch alles halb so wild. Can an meiner Seite. Keine große Sache. Mein Körper sieht das anders. Mein Mund ist trocken. Meine Handflächen sind schweißnass. Meine Beine zittern, meine Wangen glühen, mein Herz pumpt mit zweihundert Sachen Blut durch die Arterien, und mein Magen weiß noch nicht so richtig.

Ich wische mir die Hände an meinen Shorts trocken und umklammere das Lenkrad. Kupplung kommenlassen, Gas geben, ich werde den Motor nicht abwürgen. Bevor ich den Zündschlüssel drehe, drehe ich mich zu Fine. Vika hat ihr einen Schnuller in den Mund gesteckt. Das Plastikschild ist geformt wie ein Schmetterling.

«Was meinst du, Fine, können wir los?», frage ich. Sie sieht mich an, der Schmetterling bewegt sich leicht hin und her. Dann nickt sie und lacht. Der Schmetterling flattert aus ihrem Mund.

Ich atme tief durch und mache es wie Fine, lasse meine Schmetterlinge fliegen. Dann drehe ich den Zündschlüssel. Ich habe meinen Körper wieder unter Kontrolle.

«Los gehts», ruft Can vom Beifahrersitz, wieso denn bloß, denke ich, und würge den Motor ab.

«Jetzt weiß ich, was ihr meint», sagt Vika.

«War nur Spaß», murmele ich, und wir fahren los.

«Wir brauchen fast fünf Stunden», ruft Marie gegen den Fahrtwind an.

«Über die Autobahn wären es weniger als drei», ergänzt Can.

«Nicht mit einem Kleinkind im Nacken», entscheide ich.

Ich konzentriere mich auf die Straße vor mir, versuche Can auf dem Beifahrersitz auszublenden, zu unser aller Sicherheit.

«Hast du schlechte Laune?», fragt er mich irgendwann.

«Ich fahre Auto», sage ich, was ja oder nein heißen könnte. Can hebt nur beide Hände in die Höhe und schaut aus dem Fenster.

Fine ist schon kurz hinter der Stadtgrenze eingeschlafen, sie scheint sich in Marvins Kindersitz wohlzufühlen. Ihr Mund steht leicht offen, und ihre Zunge hat sich zwischen ihre Lippen geschoben. Marie und Vika unterhalten sich leise. Ich kurbele die Fensterscheibe hoch, damit ich wenigstens ein paar Satzfetzen verstehe.

«Das wird gleich Sauna», warnt Can.

«Zugluft und Autoabgase», sage ich streng, «sind für Kinder nicht so super.»

Ich höre, wie Vika in Maries Tasche herumwühlt.

«Was willst du denn mit der Dose Erbsen?», fragt sie.

Marie lacht. «Die ist für Jo. Damit er sich sofort zu Hause fühlt.»

Dann tuscheln sie wieder, und ich verstehe kein Wort. Wir fahren auf eine Ampel zu. Sie leuchtet grün, ich werde langsamer, und tatsächlich, sie springt auf Orange, ich bremse, das Auto hinter uns hupt, mir egal, denn da ist die Ampel auch schon rot, und ich verstehe endlich wieder, worüber Marie und Vika sprechen.

«Kann ich was von der Schokolade?»

«Die ist auch für Jo.»

«Joghurtschokolade?»

«Hat er doch für mich geklaut, als wir noch nicht zusammen waren. Joghurtschokolade.»

«Wie romantisch», seufzt Vika.

«Guck nicht so», flüstert Marie. «Er wollte halt zeigen, dass er mich mag.»

«Du willst also wirklich? Nach allem?»

«Ich vermisse ihn. Voll.»

Die Ampel springt auf Grün, und bevor das Auto hinter mir wieder hupt, gebe ich Gas.

Zwei Stunden später wird Fine wach, Vika füttert sie mit

Zwieback, eine weitere Stunde später sind Fines Windeln voll, irgendwo bei Biedenkopf. Ich biege von der Bundesstraße ab auf eine Landstraße, von der Landstraße auf einen Waldweg.

Wir steigen aus, im Schatten der Bäume ist es angenehm kühl, mein T-Shirt ist am Rücken schon wieder durchgeschwitzt, war wirklich Sauna im Auto, jetzt bloß nicht erkälten. Während Vika auf der Rückbank Fines Windeln wechselt und Marie Grimassen schneidet, über die Fine laut lacht und in die Hände klatscht, stehen Can und ich hinter dem Auto gemeinsam im Abseits. Vier Tage lang haben wir uns nicht gesehen, da muss man sich erst wieder aneinander gewöhnen, da ist das nicht so einfach mit Augenkontakt, da schaut man sich lieber die Blätter an den Bäumen an.

«Schön grün hier», sage ich.

«So im Wald», sagt Can.

Ich schaue ihm in die Augen und er mir, es fühlt sich vertraut an, das ist neu, und ich ahne, dass es gleich wieder schwer sein wird mit der Kupplung und dem Gas. Can öffnet den Mund, um etwas zu sagen.

«Wo soll ich denn mit der vollgeschissenen Windel hin?» Vika steht hinter uns und hält eine Windel hoch. «Ich kann die ja nicht in den Wald schmeißen, so wegen Umwelt. Oder?»

«Ich glaube, dahinten an der Straße war eine Bushaltestelle.» Can zeigt zurück zur Landstraße. «Da ist bestimmt auch ein Mülleimer, wenn den keiner weggetreten hat.»

Wir gehen zu fünft los, um einen Mülleimer für die vollgeschissene Windel zu finden, und ich werde wahrscheinlich nie erfahren, was Can mir hat sagen wollen. Als wir am Ende der Straße die Bushaltestelle sehen, erhöhen wir das Tempo.

Marie und Fine bleiben hinter uns zurück. Fine an Maries Hand setzt einen wankenden Schritt vor den anderen. «Fine und ich drehen um, bisschen Natur gucken», ruft uns Marie hinterher.

An der Bushaltestelle sitzt eine weißhaarige Frau auf der Bank und hält sich an ihrem pinken Rollator fest. An dem linken Pfosten der Haltestelle hängt ein Mülleimer. Hier ist die Welt noch in Ordnung. Vika wirft die Windel hinein, schaut mich an und sagt: «So scheiße fährst du gar nicht.»

«Danke», sage ich ein wenig überrumpelt.

«Ist ja schon cool, dass du das machst, irgendwie.» Vika hat offensichtlich beschlossen, eine Unterhaltung mit mir zu führen. «Musst du nicht Uni lernen, oder so?»

«Nein, es sind Semesterferien.» Mein Blick fällt auf Vikas T-Shirt ‹yesterday tomorrow now›, was solls, denke ich, wenn sich eine mit Scheitern auskennt, dann ist es Vika, und deshalb sage ich es einfach. «So wie es aussieht, schmeiße ich das Studium hin.»

«Warum das denn?», fragt sie.

Das Leben ist schon sonderbar. Da stehe ich an einer Bushaltestelle irgendwo hinter Bad Laahspe und rede mit Vika über meine Zukunft. Can hat sich auf die Bank gesetzt, neben die Frau und ihren Rollator, und sie unterhalten sich über ihre Vergangenheit. Yesterday. Tomorrow. Now.

«Ich kriegs nicht hin.» Ich zucke die Schultern. «So einfach ist das.»

«Aber du bist doch voll schlau», sagt Vika. «Du nervst manchmal, aber du bist doch schlau.»

Ich kann einfach nicht anders, ich bin geschmeichelt. Vika

will mir ihre Hand reichen, so fühlt es sich zumindest an, und ich lasse mich darauf ein, ich reiche ihr meinen kleinen Finger und sage mehr als zwei Sätze.

«Das Problem ist, ich weiß überhaupt nicht, wofür ich das eigentlich mache. Ich bin neunzehn. Da will ich doch keine Lehrerin werden. Verstehst du?» Unnötige Frage, denke ich, Vika ist achtzehn, und sie wollte wahrscheinlich auch nicht mit knapp siebzehn Mutter werden, aber jetzt habe ich meine Zwei-Sätze-Grenze einmal überschritten, da kann ich auch weitermachen. «Vor ein paar Monaten habe ich ein Praktikum gemacht. In einer Schule. Keine Ahnung, was schlimmer war, Klassenzimmer oder Lehrerzimmer. Es war die Hölle.» Vika verzieht ihren rot geschminkten Mund. «Praktikum ist immer Hölle. Ich kann dir Geschichten erzählen.» Das glaube ich sofort. Dass sie sich seit ihrem Schulabschluss und Fines Geburt von Praktikum zu Praktikum hangelt, ist allgemein bekannt.

«Mal ehrlich», mischt sich jetzt Can ein, «wenn du schon nach zwei Semestern merkst, dass du das nicht willst, dann ist es doch nur konsequent, das Ding abzubrechen. Oder was sagst du, Inge?» Die weißhaarige Frau nickt. «Ich war 56 Jahre verheiratet. Jetzt liegt er dort drüben auf dem Friedhof.» Ob sie darüber froh oder traurig ist, kann ich an ihrem Gesicht nicht ablesen.

«Lehramt», fährt Can fort, «das ist doch wie zurück in die Gebärmutter. Das ist irgendwie pervers. Oder, Inge?» Die Frau nickt wieder mit dem Kopf. «Der liegt jetzt unter der Erde. Konnte am Ende gar nicht mehr sprechen. Und füttern musste ich ihn.»

«Um es auf den Punkt zu bringen, und das meine ich leider

vollkommen ernst», jetzt schaut Can mir direkt in die Augen, «ich bedaure das aus tiefstem Herzen, aber wenn du meine Lehrerin gewesen wärst, ich hätte dich vernichtet.»

«Ich auch», sagt Vika. «Keine Frage.» Dann schaut sie zu mir und sagt schnell: «Aber kein Problem, Entenarsch, ich war gar nicht so oft in der Schule.»

«Enten habe ich immer gern gefüttert, aber er nicht», Inge hat ihre Hand auf die von Can gelegt. «Die scheißen doch alles voll, die Enten, hat er gesagt.»

Ein Bus biegt um die Ecke, er hält, niemand steigt aus, Can führt Inge zur Tür und hebt den Rollator in den Bus. «Ach Inge», sagt er, «wenn ich fünfzig Jahre älter wäre, ich würde sofort Enten mit dir füttern.»

«Und wenn ich fünfzig Jahre jünger wäre, das will ich euch sagen», antwortet Inge, «gerade euch beiden», und sie zeigt auf Vika und mich, aber was sie uns sagen will, das verstehen wir nicht mehr, weil der Busfahrer die Tür schließt. Der Bus fährt los, und nur wenige Sekunden später biegt ein weiterer Bus um die Ecke. Vielleicht gibt es irgendwo ein Nest. Bäume gibt es hier, Bäume und Busse. Wir signalisieren dem Fahrer, dass wir nicht einsteigen wollen, und der Bus fährt weiter.

Mehr ist es wahrscheinlich nicht. Studienabbruch. Nur ein Bus, in den ich nicht einsteigen werde. Oder wieder aussteige, weil es nach Dinkelbrot und Biowurst stinkt.

Wir wenden uns zum Gehen.

«Was willst du denn machen, wenn nicht Uni?», fragt Vika.

«Keine Ahnung», sage ich. «Können wir das Thema wechseln?»

Can wirft mir einen nachdenklichen Blick zu. «Wie war das

jetzt genau mit dem Pistazieneis? Ist das so richtig mit Stücken oder nur Aroma?»

Ich spüre ein unterdrücktes Lächeln zwischen Brust- und Bauchhöhle.

«Richtig gutes Pistazieneis hat natürlich Stückchen», erkläre ich Can.

«Iieh, Pistazieneis», Vika schüttelt sich, «noch nie gegessen. Ich finde ja, es geht nichts über Waldmeister. Und als ich mit Fine schwanger war, habe ich mich quasi von Schlumpfeis ernährt. Ein Wunder, dass sie nicht blau auf die Welt gekommen ist.»

Wir erreichen das Auto. Marie und Fine sitzen auf dem Waldweg und haben Stöckchen in der Hand. Marie malt Herzen in den Staub, und Fine schlägt mit dem Stock mitten hinein.

Die weitere Fahrt verläuft ohne größere Zwischenfälle. Die Straßen führen uns in Kurven Hügel hinauf und wieder hinab. Wir sehen links Wiesen und rechts Felder, im Hintergrund Wälder, manchmal eine Ortschaft. «Ist das grün hier», sagen wir alle zwischendurch einmal, obwohl die abgeernteten Weizenfelder eher gelb und viele der Bäume braun sind, nur Fine zeigt mit dem Finger nach draußen und sagt «Da», aber das lassen wir auch gelten.

«Uns ist sehr wohl klar», Can lehnt sich ein wenig zur Seite und sieht abwechselnd mich und Marie an, «dass wir vor vier Tagen schon mal hier langgefahren sind?»

«Das war aber andersrum», sagt Marie.

«So rum ist viel grüner», füge ich hinzu.

«Genau», stöhnt Can und hält sich mit seinen Händen an der Kopfstütze fest. «Und ich bin der mit der Macke.»

«Mach hier mal nicht den Bommelmützenträger», pöbele ich ihn von der Seite an.

«Noch ein Wort, und ich pinkel dir an die Parkbank», warnt mich Can mit ausgestrecktem Zeigefinger. Auf seinem Mittelfinger ist nur noch an den Rändern ein Rest von dem roten Nagellack zu sehen.

«Und was dann?», frage ich, «machst du Urlaub auf dem Balkon, oder was?»

«Vorher schrotte ich dein Motorboot.»

Wir lachen, und während ich noch lache, zeigt Can auf ein Haus, an dem wir gerade vorbeifahren, «Guckt mal da», ruft er, damit es auch Marie und Vika auf der Rückbank hören, «die Kneipe heißt ‹Gasthaus zum ehemaligen Bahnhof›. Stellt euch mal vor, in ein paar Jahren gehen die Besitzer in Rente, und dann ist da ein Dönerladen drin. Der heißt ‹Döneria im geschlossenen Gasthaus zum ehemaligen Bahnhof›. Und das geht dann immer so weiter. ‹Nagelstudio in der früheren Döneria im geschlossenen Gasthaus zum ehemaligen Bahnhof›. ‹Working Space im pleitegegangenen Nagelstudio in der früheren Döneria im geschlossenen Gasthaus zum ehemaligen Bahnhof›», Can redet sich in Rage, «‹Arbeitslosenzentrum zum aufgegebenen Working Space im pleitegegangenen Nagelstudio in der früheren Döneria im geschlossenen Gasthaus zum ehemaligen Bahnhof›. ‹Veganes Café im alten Arbeitslosenzentrum zum aufgegebenen Working Space im pleitegegangenen Nagelstudio in der früheren Döneria im geschlossenen Gasthaus zum ehemaligen Bahnhof›. ‹Bahnhof im stillgelegten Veganen Café im alten Arbeitslosenzentrum zum aufgegebenen Working Space im pleitegegangenen Nagelstudio in der früheren Döneria im geschlossenen Gasthaus zum ehemaligen Bahnhof›.»

«Cannyboy», Marie beugt sich vor. «Dir ist aber sehr wohl klar, dass wir vor vier Tagen schon mal an dem Haus vorbeigefahren sind?»

«Halt den Rand, du Dosenbier», sagt Can und guckt wieder aus dem Fenster.

Felder links, Felder rechts, ein Wald, eine Ortschaft, und Vika erläutert Marie das Für und Wider einer Ponyfrisur.

«Meine Stirn ist hoch, da geht das gut. Sonst wird das Gesicht so zusammengequetscht. Weißt du, wie ich meine?»

Felder rechts, Wald links, eine Ortschaft rechts, Felder links, und Vika diskutiert mit Marie über den Trailer zur neuen Staffel von ‹Francis Best›.

«Ach bitte!», Vika klingt verzweifelt, und das E von ‹bitte› hört sich an wie ein Ö, «George Fulton sagt zwar, dass er aus der Usadan-Dimension kommt. Aber wer sagt denn, dass er nicht doch Hypertron ist?»

«Er hat in der letzten Folge gegen Hypertron gekämpft, wie soll das denn gehen?», versucht Marie, die Ehre von George Fulton zu verteidigen.

«Du glaubst immer an das Gute im Usadianer», stöhnt Vika. «Das ist voll lästig. Sieh es doch endlich ein. Menschen lügen. Und Usadianer auch.»

Ich will das Fenster herunterkurbeln, weil ich ‹Francis Best› nach der ersten Staffel nicht weitergeguckt habe und weil ein wenig frische Luft noch keinem Kind geschadet hat, aber in dem Moment wechseln Marie und Vika das Thema, denken laut darüber nach, was Marie sagen könnte, wenn sie und Jo sich wieder begegnen.

«‹Lange nicht gesehen›», schlägt Marie vor.

«Zu lahm. Eher so ‹Kennen wir uns nicht von irgendwoher? Dein Gesicht kommt mir verdammt bekannt vor›.»

«Viel zu aufgesetzt. ‹Du auch hier›.»

«Ich habs. ‹Gewachsen bist du ja nicht gerade›», quietscht Vika aufgeregt, «und du ziehst auf jeden Fall meine Sandalen an, mit den hohen Absätzen. Dann kannst du schön auf ihn runtergucken. Du musst ihn erst mal ein bisschen leiden lassen. Oder besser noch, lass ihn links liegen.»

Ich sehe im Rückspiegel, wie Marie den Kopf schüttelt. «Solche Spielchen sind doch albern. Ich freue mich, das kann ich auch zeigen. Und danach kann ich ihm immer noch sagen, wie mies das war. Sich nicht mehr zu melden.»

«Er hat dich sitzengelassen», sagt Vika trocken.

«Hat er nicht. Er ist abgehauen, aber da war doch schon lange Schluss.»

«Weil er mit so einer Schlampe rumgemacht hat.»

«Weil er es mir nicht erzählt hat. Danke, dass du mich daran erinnerst, das hatte ich fast vergessen.»

«Bitte.» Diesmal spricht Vika das E von ‹bitte› ganz kurz. Pistolenschuss. Ich zucke zusammen.

Es bleibt länger still auf der Rückbank. Marie schaut aus dem rechten Fenster, Vika aus dem linken. Felder links und Felder rechts.

Auch kein Wunder, denke ich, dass Vika bei dem Thema losfeuert. Otto hat mehrfach fremdgevögelt. Sie rennt ihm immer noch hinterher, auf Sandalen mit hohen Absätzen zwar, aber sie rennt ihm hinterher. Und Marie rennt Jo hinterher, Can rennt Marie hinterher, ich renne allen hinterher, mir rennt niemand hinterher. Ich bin das Schlusslicht einer beschissenen Polonaise. Und da glaubt man, so was wie die Polonaise wäre längst ausgestorben, verschwunden in der Tonne für reaktionären Sondermüll, zusammen mit den Ehen unserer Großeltern, wir sind doch alle selbstbestimmte Wesen, oder nicht? Aber die Polonaise, die gibt es immer noch, und wir fassen uns von hinten an die Schultern.

«Eigentlich will ich, dass er mich zuerst sieht», sagt Marie nach einer Weile.

Rechts Wald, links Felder, eine Ortschaft; als ich an einer roten Ampel halte, blicke ich kurz nach hinten, Vika hält Maries linke Hand. Fine ist wieder eingeschlafen, ihre Zunge ruht zwischen ihren Lippen, ihre rechte Hand umschließt den Zeigefinger von Vikas freier Hand.

«Scheiße, bin ich aufgeregt.» Marie lächelt mich an. «Wann sind wir denn da? Ich muss pullern.»

«Soll ich irgendwo halten?», frage ich.

«Nein», sagt Marie. «Ich schaffe das noch.»

Die Ampel wird grün, ich fahre an, ohne mich sonderlich darauf konzentrieren zu müssen. Irgendwann wird auch Fine nicht mehr wanken, wenn sie einen Schritt vor den anderen setzt. Nur eine Frage der Zeit. Bis dann der Rollator kommt. Alles nur eine Frage der Zeit.

Can guckt immer noch aus dem Fenster. Nichts an ihm redet, alles schweigt. Vielleicht hat er kapituliert. Vielleicht ist es ihm zu anstrengend, mit vier Frauen im Auto zu sitzen.

«Jos Mutter hat mir geschrieben.» Ich suche Maries Blick im Rückspiegel. «Jo hatte noch einen Freund, der nach Ulm gezogen ist. Fünfzehn Cent hieß der.»

«Ach», plötzlich ist Can wieder da. «Fünfzehn Cent vom Büdchen?»

«Jep», bestätige ich.

«Den kenn ich. Der war zwei oder drei Klassen unter mir. Das Büdchen von seinen Eltern war in unserer Straße. Wir haben immer diese kleinen Schnapsflaschen geklaut. Und dann in der Fünfminutenpause auf dem Jungsklo reingezogen. Ach Leute, ich war mal so ein richtiger Marvin.»

«Ich dachte, auf dem Jungsklo habt ihr immer gekifft», Vika beugt sich vor und hängt zwischen Fahrer- und Beifahrersitz, «hat Otto erzählt.»

«Was wir alles auf dem Jungsklo gemacht haben, das wollt ihr gar nicht wissen.»

«Sagen wir mal so», Marie zwängt sich zwischen Vika und den Beifahrersitz. «Vika hat auch ein paar Storys erlebt. Auf dem Jungsklo.»

«Boah, Marie! Nicht vor Fine.» Vika schaut zu Fine, die wieder wach ist und juchzt und in die Hände klatscht, «und wenn schon. Es können ja nicht alle so Tanten sein wie du und Entenarsch.»

«Auf jeden Fall kann uns Jos Mutter mit diesem Fünfzehn Cent gestohlen bleiben, weil wir Jo auf dem Festival treffen werden», Marie lässt sich zurück auf die Rückbank fallen. «Wie weit ist es denn noch?»

Can schaut wieder aus dem Fenster. Vika nimmt ihm sein Smartphone aus der Hand und schaut auf den Routenplan.

«Keine Ahnung», sagt sie und reicht das Smartphone weiter an Marie.

«Gleich müssten wir in Bimbach sein. Dann weiter nach Fulda und von Fulda ungefähr zwanzig Minuten», murmelt Marie. «Okay. Das schaffe ich nicht. Ich muss pullern.»

Ich setze den Blinker, obwohl weit und breit kein Auto zu sehen ist, und wir halten am Straßenrand. Can steigt aus, klappt den Sitz nach vorn. Marie springt aus dem Auto, drängt ihn zur Seite und sprintet feldeinwärts einen Hügel hinauf Richtung Wald. Vika folgt ihr barfuß. Ihre Sandalen liegen im Fußraum vor Fines Kindersitz.

Auch ich steige aus und stelle mich neben Can. Wir blicken über die Felder und Wiesen, die links von der Straße liegen.

«Du bist voll still», sage ich.

«Muss ja nicht immer so viel labern», sagt er.

«Nein. Musst du nicht», und damit ist eigentlich alles gesagt, aber ich rede weiter, natürlich rede ich weiter. «Du machst dir Gedanken, was wird, oder? Wenn Jo wieder da ist», frage ich. «Wegen Marie und dir.»

Can schnaubt nur kurz durch die Nase. «Ich mach mir Gedanken, was sein wird, wenn Jo nicht da ist. Wegen Marie.»

«Ich wollte nicht ...», ich lasse den Satz so stehen, weil ich keinen Schimmer habe, wie ich ihn zu Ende bringen sollte.

Can dreht sich zu mir um. «Nein, ich wollte nicht ...», sagt er, und ich frage mich, ob er genauso wenig weiß, wie es weitergehen soll. «Ist halt folgende Kiste», sagt er dann. «Du haust drauf. Und manchmal haust du daneben. Nagel, Daumen oder Luft. Ist immer ein Risiko.» Er tritt mir sanft gegen meinen Turnschuh. «Aber schön grün hier.»

«Ja, wirklich schön grün hier», sage ich und schubse ihn mit meiner Hüfte ein wenig zur Seite.

Als Vika und Marie zurückkommen, ist Maries Gesicht wesentlich entspannter.

«Blase leer. Es kann weitergehen», sagt sie.

Wir lassen Bimbach hinter uns, wenig später durchqueren wir Fulda. «Wieso ist woanders immer schöner?», fragt Vika und lehnt sich über Fines Kindersitz, um besser aus dem Fenster sehen zu können. Wir kommen an einem Baumarkt vorbei, das ist überall gleich, am Anfang und am Ende einer Stadt steht ein Baumarkt. Hinter Fulda wieder Felder. Links und rechts. «Wer soll das ganze Zeug eigentlich essen?», fragt Vika und lässt sich neben Marie auf die Rückbank sinken. Wir fahren weiter, man könnte denken, dass wir überhaupt nicht vom Fleck kommen, weil sich das Bild nicht verändert. Felder. Links und rechts. Vereinzelt stehen Häuser am Straßenrand. «Wer wohnt hier bloß?», fragt Vika, «hier ist doch nichts. Nur Feld.» Die Straße führt uns durch ein Dorf, wir schauen in fremde Gärten und sehen Planschbecken, und am Ortsausgang hängt endlich das erste Hinweisschild. ‹FWWF›.

«Da ist es!», kreischen wir alle und zeigen mit ausgestreckten Fingern auf das Schild. Als wir uns wieder beruhigt haben, zeigt auch Fine aus dem Fenster und sagt «Da».

Plötzlich wird der Corsa langsamer, auf den letzten Metern geht ihm die Puste aus, hier wird nicht schlappgemacht, denke ich und trete auf das Gaspedal, aber das Problem ist, dass nie jemand auf mich hört, auch nicht mein Auto. Stattdessen hören wir nun ein Geräusch. Wie kleine Steinchen, die von unten gegen die Motorhaube geschleudert werden. «Klingt nicht gut», ruft Can. «Was du nicht sagst», antworte ich, das Gaspedal kann ich treten, wie ich will, denn mein Auto will nicht mehr. Ich lenke es noch auf den rechten Grasstreifen, und wir bleiben stehen.

«Aber wir sind noch gar nicht da», sagt Vika.

«Was du nicht sagst», antworte ich.

«Was hat er denn?», fragt Marie, weil sich Marie immer um alle sorgt. Auch um kaputte Autos.

«Keine Ahnung.» Ich ziehe die Schultern hoch. «Fährt halt nicht mehr.»

«Du hast doch bestimmt so ein Pannenabo», Can dreht sich zu mir und stützt sich mit dem Ellenbogen an der Rückenlehne seines Sitzes ab, «von deinen Eltern zu Weihnachten, oder?»

Ich schüttele den Kopf. «Darum sollte ich mich selber kümmern.»

«Und hast du nicht.»

«Natürlich nicht. Bin ja nie gefahren.»

«Und jetzt?», fragt Vika.

«Wir lassen das Auto hier stehen und gehen zu Fuß», entscheidet Marie. «Das kann ja nicht mehr so weit sein.»

Can und ich steigen aus und klappen die Vordersitze nach vorn.

«Immer geht alles kaputt», motzt Vika und befreit Fine aus dem Kindersitz.

Wir holen Taschen und Rücksäcke aus dem Kofferraum, Vika betrachtet wieder ausgiebig meinen Rollkoffer, ich denke an den Kinderwagen, der jetzt im Hinterhof steht. «Konnte ich doch nicht wissen, mit der Panne», verteidige ich mich.

«Ich darf ja wohl gucken», sagt Vika. «Du hast da übrigens Gras.» Sie zupft mir ein paar Halme aus den Haaren. Ich bemühe mich, nicht rot zu werden und nicht zu Can zu schauen.

«Da», sage ich schnell und zeige nach vorn die Straße entlang. «Am Horizont sieht man schon das Festivalgelände.»

«Der Horizont ist noch verdammt weit weg», stellt Can mit zusammengekniffenen Augen fest.

Wir machen uns auf den Weg. Felder links und Felder rechts und kein bisschen Schatten.

«Jetzt so eine schöne Hochhaussiedlung, das wärs.» Can trägt seinen Rucksack und Fine. Ich ziehe meinen Rollkoffer hinter mir her, das Rattern der Räder macht uns alle aggressiv. Fine zeigt auf den Rollkoffer und sagt «Oh». Nur Marie scheint fünf Zentimeter über dem Asphalt zu schweben. Als wir in einen Feldweg einbiegen und hinten auf einer Wiese die Bühne und Bierbuden erkennen können, lässt Marie ihre Tasche fallen, öffnet sie und wühlt darin herum. Can setzt Fine auf den Boden. Die rechte Seite seines T-Shirts ist schweißnass.

Can bemerkt meinen Blick. «Ich trage Fine gleich auf der linken Seite, dann bin ich symmetrisch durchgeschwitzt», sagt er.

«Ich muss nur kurz Deo benutzen», ruft Marie. Sie holt ein pinkes Deospray aus der Tasche und sprüht es sich unter die Achseln. Can nimmt ihr das Deo aus der Hand und besprüht sich von oben bis unten. Vika und Fine pflücken am Wegrand ein paar Gänseblümchen.

Marie atmet noch einmal tief durch, «Ich bin bereit. Glaubt ihr, Jo ist schon da?»

Scheiß drauf, denke ich, ja genau, scheiß drauf, irgendwer

muss es aussprechen. Ich spiele eine neue Runde Nagel, Daumen, Luft:

«Marie, sei nicht zu enttäuscht, wenn er nicht auf dem Festival ist.»

«Was redest du?» Marie schaut mich verwirrt an.

«Ich sag nur», und ich halte ihrem Blick stand.

«Natürlich ist er da.» Marie stopft das Deospray zurück in ihre Tasche.

«Es kann aber sein, dass er es nicht ist.» Diesmal ziehe ich es durch, diesmal werfe ich mich nicht auf den Rücken, um meine Kehle anzubieten. Oder meine Fingernägel.

«Was ist kaputt bei dir?», fragt Marie.

«Sie sagt doch nur», versucht Can zu beschwichtigen, aber Marie dreht sich wortlos um und läuft auf das Festivalgelände zu.

«Daumen», sagt Can.

«Nagel», sage ich.

«Ja, wahrscheinlich Nagel», Can seufzt. «Das macht es aber auch nicht besser.»

Wir erreichen das Festivalgelände, das mit Metallzäunen eingegrenzt ist. Auf der Nachbarwiese stehen Zelte, noch ein Stück weiter auf der anderen Seite des Weges wurde ein brachliegendes Feld zum Parkplatz umfunktioniert. Am Eingang stehen zwei Typen, die maximal ein oder zwei Jahre älter sind als ich. Aber sie tragen Westen, auf denen ‹Security› steht, deshalb haben sie was zu sagen.

Und das tun sie dann auch: «Taschenkontrolle.»

In die Taschen von Vika und Marie werfen sie nur einen

kurzen Blick. Bei meinem Rollkoffer ziehen sie die Augenbrauen hoch. «Wehe, du rammst das Teil irgendwem in den Magen.»

«Wir passen auf sie auf», sagt Marie und schaut mich an, deutet mit dem rechten Mundwinkel ein leichtes Lächeln an. Sie muss wirklich aufpassen, dass sie nicht am Kreuz endet.

Cans Rucksack nehmen die beiden Typen genauer ins Visier. Sie kramen darin herum, Can verdreht die Augen. «Da hätte ich meine Unterbuchsen ja gar nicht zu waschen brauchen, wenn die jetzt alle angegrabbelt werden», raunt er uns zu, doch dann ziehen die Typen keine Boxershorts aus dem Rucksack, sondern eine Dose, die wie ein Deospray aussieht.

«Was ist das?», fragt der größere der beiden. Seine Haare sind an den Seiten sauber abrasiert.

«Pfefferspray», sagt Can, «gehört 'nem Kumpel.»

«Wir wollen hier niemanden, der Ärger macht.»

«Ich hab nur vergessen, es rauszunehmen. Gehört 'nem Kumpel», wiederholt Can. «Schmeiss weg, und gut ist.»

«Willst du mir meinen Job erklären?» Der Typ geht einen Schritt auf Can zu, doch wenn er gedacht hat, dass Can zurückweicht, dann hat er so ziemlich falsch gedacht. Mit Nähe oder Körperkontakt kann man Can nicht Bange machen.

«Ich kanns versuchen», sagt Can. «Was verstehst du denn nicht?»

Der Typ und Can stehen sich jetzt direkt gegenüber, und es wird ein wenig unangenehm.

«Er gehört zu uns», sagt Marie hastig.

«Er kommt hier nicht rein», sagt jetzt der andere Typ. Er trägt zwar nicht so eine akkurate Frisur wie sein Kumpel, nur so schnöde zurückgegeltes Haar, dafür hat er aber einen schwarzen Drachen auf seinem Unterarm tätowiert.

«Ernsthaft? Das ist kein Sprengstoff, Genosse», sagt Can und will dem Typen mit dem Drachentattoo seinen Arm um die Schulter legen. «Nur ein bisschen Pfefferspray.»

«Fass mich nicht an.» Der Typ lässt seinen Drachen von der Leine und schlägt Cans Arm weg, und ich befürchte, dass es schon längst nicht mehr um das Pfefferspray geht.

«Liegts an meinem Deo?» Can hebt seinen Arm und riecht unter seiner Achsel. «Pink Passion. Duftet original wie Blumenwiese.»

«Wir wollen hier keinen Ärger.»

«Ich auch nicht. Flower, Peace and Harmony. Lasst mich einfach durch.»

Aber das haben die beiden Typen nicht vor. Sie verschränken ihre Arme und stellen sich Can in den Weg. Und Can, das sieht man in seinem Gesicht, keine Grübchen mehr, der ist inzwischen so richtig genervt.

«Hab ich Terrorist auf der Stirn stehen, oder was? Bin ich euch nicht blond genug?»

Die Typen sagen gar nichts mehr, sie bleiben stehen und starren stur geradeaus.

Fine zeigt mit dem Finger auf sie und ruft: «Bah.»

Marie, Vika und ich schauen uns an.

«Wir suchen die Blümchenschlüpper», schlägt Vika vor.

«Wir suchen die Blümchenschlüpper», beschließt Marie.

«Wir suchen die Blümchenschlüpper», sage ich zu Can, «dann holen wir dich über die Grenze», und Fine hält ein Gänseblümchen in die Höhe.

Vika, Marie, Fine und ich laufen über das Gelände. Die Bühne ist noch leer, das Festival beginnt erst in einer Stunde. Einzelne Grüppchen sitzen auf der Wiese, die meisten sitzen im Schatten der Buden, die an den Seiten aufgebaut sind. Bier, Pommes, T-Shirts und Zuckerwatte. Daneben steht eine Reihe Dixie-Klos. Auch sie spenden Schatten, aber niemand möchte ihn haben. Hinter den Buden trennt ein Metallzaun die Festivalwiese vom Zeltplatz.

Und der Zeltplatz, der flimmert und leuchtet. Es werden Zelte aufgebaut, grün, blau, türkis, orange, gelb, alle Farben und Formen, und die Menschen, die sind nicht so bunt wie ihre Zelte, aber sie sind jung, es ist Sommer, und wir sind jung, lautes Lachen, Rufe hin und her, Musik aus allen Richtungen, und überall die Hoffnung, dass etwas Großes passieren wird.

Wir laufen am Metallzaun entlang und finden den Durchgang zu den Zelten. Auch hier stehen zwei Typen mit Westen. Und neben den Typen steht ein Junge. Er hat sich an den Zaun gelehnt und starrt auf sein Smartphone.

«Marvin?», fragt Marie. «Was machst du denn hier?»

Leroys kleiner Bruder schaut uns an und grinst schief. Seine Nase ist sonnenverbrannt.

«Kein Plan. Bei Otto und Pavel war noch ein Platz frei. Bin ich halt mitgefahren.»

«Und seid ihr schon lange da?»

«Ewig. Zwei Stunden oder drei.»

Ich ignoriere den kurzen Blick von Vika und Marie. Autobahn ist schneller, erzählt mir was Neues.

«Wir suchen die Blümchenschlüpper», sagt Vika. «Die lassen Can nicht rein.»

Marvin steckt sein Smartphone in die Hosentasche und zeigt zur Bühne. «Die hängen beim Tourbus.»

Er geht vor uns her, und ich frage mich, ob sein rechter Arm länger ist als sein linker und sein linkes Bein länger als sein rechtes. Bei Marvin wirkt alles noch nicht so richtig fertig. Seine Jeans ist unten am Saum ausgefranzt, und die Farben seines Karohemds sind verwaschen. Wahrscheinlich sind es die alten Klamotten von Leroy.

Auch der Bereich hinter der Bühne ist abgesperrt, aber die Typen mit den Westen scheinen Marvin bereits zu kennen, sie unterhalten sich weiter über Proteine und winken uns durch.

Hinter der Bühne stehen Autos und Transporter, Männer mit langen Haaren und schwarzen T-Shirts laufen hin und her. Tragen Kabel, Scheinwerfer und die Last der Verantwortung auf ihren Schultern. Und ganz am Rand steht ein Wohnmobil, der Tourbus der Blümchenschlüpper. Die gesamte Band sitzt unter einer gestreiften Markise auf Klappstühlen aus Alu, mit Stoffbezug in Tropenoptik.

Otto döst auf einer Gartenliege. Wahrscheinlich wurde die Liege passend zu den Klappstühlen gekauft, irgendwann vor vierzig Jahren, als die Sonne noch nicht giftig war und man voller Erwartung ins erste Eigenheim zog. Wahrscheinlich waren damals Alugartenmöbel mit Stoffbezug in Tropenoptik nicht von vorgestern. Besaß man Alugartenmöbel mit Stoffbezug in Tropenoptik, war man von übermorgen. Alles eine Frage der Zeit.

Als Otto uns erkennt, springt er von der Liege. Fines wankende Schritte werden schneller, und Otto wirbelt sie in die

Luft. «Pa», jauchzt Fine und legt ihre kleinen Hände an seine Wangen.

«Da seid ihr ja», sagt Otto, «wir sind schon ewig hier.»

«Das hörten wir bereits.» Ich winke unserem Pavel zu, der im Eingang vom Wohnmobil steht. «Offensichtlich haben wir noch nichts verpasst.» Er winkt freundlich zurück, natürlich winkt unser Pavel freundlich zurück.

«Die lassen Can nicht rein.» Vika steht neben Otto, und jetzt legt Fine ihre kleinen Hände auf Vikas Wangen. Und da denke ich, was für ein Wunder das ist. Schwarz, weiß und so unendlich viel dazwischen. Da könnte man heulen vor Glück, so ein großes Wunder ist der Mensch.

«Wer lässt wen nicht rein?» Der Sänger der Blümchenschlüpper erhebt sich ächzend von seinem Alustuhl. Auch ein Wunder irgendwie, er ist über 1,90 groß und wiegt mindestens 150 Kilo. Sein roter Iro hat schon bessere Zeiten gesehen. Vor dem altersbedingten Haarausfall. Warum der Sänger von allen Püppi genannt wird, erschließt sich mir nicht so recht, aber das scheint irgendein Bandfetisch zu sein. Der Gitarrist heißt Hasi, der Schlagzeuger Lämmchen, der Typ, der alles spielt, was gerade benötigt wird, heißt Schnecke. Nur Otto heißt Otto.

«Die Westenmänner lassen den Can nicht rein», sagt Vika durch Fines Hände hindurch.

«Zeit für eine kleine Unterhaltung», Püppi streckt sich, sein zerschnittenes T-Shirt unter der Jeansweste rutscht aus dem Hosenbund, und wir können alle einen Blick auf seine behaarte Wampe werfen. «Die nehmen ihren Job zu genau. Ist nur ein Umsonst & Draußen und nicht irgendein verhirnter

Staatsakt. Schreib irgendwem eine Funktion auf die Jacke, und schon dreht er durch.»

Püppi geht an uns vorbei. Hinten auf der Jeansweste steht ‹Supermodel›, er dreht sich noch mal um und zwinkert uns zu.

«Soll ich mitkommen?», ruft der Gitarrist, der als Einziger mit Sonnenbrille, Baseballcap und nacktem Oberkörper in der prallen Sonne sitzt. Ich ertappe Vika und unseren Pavel dabei, wie sie seinen tätowierten Körper mustern. Er ist noch extrem in Schuss, kann man nicht meckern, aber sein Gesicht ist abtörnend 40, kann man nicht drum rumreden.

«Nein, Hasi, du bleibst schön hier», sagt Püppi und stiefelt davon.

Marvin lässt sich auf den frei gewordenen Alustuhl fallen, der Rest vom Hinterhof setzt sich unter die Markise auf den Rasen.

Es dauert nur wenige Minuten, bis Püppi wiederkommt. Und neben ihm Can, der mit wilden Gesten die Luft durchschneidet. Marvin bleibt auf dem Alustuhl sitzen, er rührt sich nicht vom Fleck, auch nicht als Püppi direkt vor ihm steht und auf ihn hinunterblickt, aber als Püppi einmal zuckt, schnellt Marvin in die Höhe, so fix kann man gar nicht gucken, und lässt sich in der gleichen Bewegung zu uns auf den Rasen fallen. In Sicherheit ist Marvin noch lange nicht, denn jetzt hockt sich Can neben ihn und wuschelt mit beiden Händen durch seine Haare. «Hat mir so richtig weitergeholfen, dein Pfefferspray.»

«Darfste dich nicht erwischen lassen, sonst ist eben kacke», entgegnet Marvin und duckt sich unter Cans Händen hindurch, krabbelt hinter unseren Rücken entlang und setzt sich neben Otto an das andere Ende unseres Halbkreises.

«Ich gucke mal, ob ich Jo irgendwo finde.» Marie steht auf, und bevor irgendeiner von uns was sagen kann, fügt sie hinzu, «Ich mache das allein.»

Wir schauen ihr hinterher, wie sie mit hocherhobenem Kopf und einer Dose Erbsen in der Hand über die Wiese geht, und Vika spricht aus, was wir alle bei diesem Anblick denken.

«Wenn er nicht da ist, ist er so ein Wichslappenhurensohnarschkrampengesicht.» So ungefähr, vielleicht in anderen Worten, denken wir das alle.

«Aber ... er kann ja nicht wissen», gibt unser Pavel mit halbem Herzen zu bedenken.

«Ist er trotzdem.»

«Wo habt ihr euer Auto?», ruft Schlagzeuger Lämmchen, der wie ein Bierfass aussieht und auch eine Jeansweste trägt mit unzähligen Aufnähern drauf, Punks not dead, Nazis raus, Anarchie und muss so laut. «Das könnt ihr bei uns parken. Und euer Zelt könnt ihr auch aufstellen, wenn ihr wollt.»

Kein Zelt, denke ich, noch nicht einmal Schlafsäcke, wahrscheinlich planen selbst Punker besser als wir.

«Wir haben kein Auto mehr», rufe ich zurück.

«Warum das denn nicht?»

«Kaputt», sagen Vika, Can und ich im Chor, «putt», bildet Fine unser krähendes Echo.

Püppi friemelt eine Zigarette aus der Zigarettenschachtel und klopft mit dem Filter auf die Tischplatte. «Tiger kann sich das mal anschauen.» Als er unsere irritierten Blicke sieht, erklärt er: «Meine Frau. Die kümmert sich um alles Lebensnotwendige. Wir Schlüpper können doch nur saufen.»

«Und Musik», wirft unser Pavel ein.

«Nein, das können wir auch nicht.»

Püppi, Hasi, Lämmchen und Schnecke lachen schallend, Otto gelingt nur ein müdes Lächeln.

«Außer Otto», ruft Lämmchen. Wahrscheinlich kann er nicht in normaler Lautstärke sprechen, muss immer rufen, der Arme, halbtaub, ein echter Schlagzeuginvalide. «Otto kann nicht richtig saufen, dem fehlt die jahrzehntelange Übung. Der kann nur Musik.»

«Und wie er das kann», sagt Hasi, «steckt uns alle in die Tasche», bestätigt Schnecke. Und Lämmchen ruft dazwischen, weil er wieder nichts mitgekriegt hat: «Unser schwarzes Schaf, der Otto.»

«Laber nicht so eine Scheiße», sagt Otto laut genug, damit Lämmchen ihn auch versteht. Aber Lämmchen versteht nicht. «War doch nur Spaß», ruft er.

«Ist es immer, oder nicht?», sagt Otto. «Nur Spaß.»

«Jetzt sei mal nicht so ...», ruft Lämmchen.

«Schwarz?», fragt Otto, und daraufhin weiß Lämmchen nichts mehr zu rufen, er streicht über die Aufnäher auf seiner Weste, aber aufgenähte Sprüche sind nun mal kein Freifahrtschein fürs Arschlochsein. ‹Familienangelegenheit›, sage ich mir und weiß, dass das nicht stimmt.

In die Stille hinein brüllt Püppi: «Tiger, komm mal raus.»

Eine zierliche Frau erscheint in der Tür zum Wohnmobil, sie misst vielleicht gerade mal 1,55. «Du musst nicht brüllen», sagt sie leise, «ich bin nicht so taub wie Lämmchen.»

Püppi erzählt seiner Frau von unserem kaputten Auto, und Tiger deutet sofort auf einen roten Fünftürer, der schräg hinter dem Wohnmobil parkt. «Spring rein!»

Ich wundere mich über den Fuhrpark der Band, aber da sagt Tiger: «Ich war beruflich in Berlin, deshalb sind wir getrennt hierhin gefahren», als könne sie meine Gedanken lesen.

Ich stehe auf, die anderen bleiben sitzen, und ich bin ein wenig neidisch auf sie, ein kaputtes Auto würde mich auch nicht aus dem Schatten hervorlocken, wenn es nicht gerade mein eigenes wäre. Fine lehnt an den aufgestellten Beinen von Vika und rupft ein Gänseblümchen auseinander. Auch Vika hat ein Gänseblümchen in der Hand, von dem sie vorsichtig die weißen Blütenblätter löst. Wir hören Future, Ottos Benachrichtigungston. Er schaut kurz auf sein Smartphone und verkündet: «Yasmin ist bald hier.» Vika stöhnt und wirft das Gänseblümchen weg.

Tiger und ich gehen zu ihrem Auto, und ich höre noch Ottos Frage: «Wie geht es denn deiner Mutter?»

«Nicht so …», sagt Vika, mehr kommt bei mir nicht an, ich bin schon zu weit entfernt und öffne die Beifahrertür.

Als Tiger und ich nach einer halben Stunde zurückkommen, sitzen nur noch Can und Marvin unter der Markise.

«Und?», fragt Can.

«Der Zahnriemen ist gerissen, und der Motor ist fratze», verkündet Tiger und wiederholt alles, was sie zuvor mir erzählt hat, über Kolben, Nockenwellen und Ventile.

«Unser Freund ist also tot?», fragt Can, der genauso wenig versteht wie ich.

«Das könnte man so sagen.»

«Wieso kannst du das eigentlich?», fragt Can und reibt sich über die linke Schläfe, «bist du Automechanikerin oder so was?»

«Schon was mit Autos, aber mehr mit Menschen. Ich bin Rettungssanitäterin.»

«Du fährst Krankenwagen?» Marvin, der gerade noch auf der Gartenliege gedöst hat, richtet sich auf und macht große Augen.

Tiger lacht. «Genau. Ich fahre Krankenwagen. Und manchmal sogar mit Blaulicht.» Sie streicht sich ihre verschwitzten Haare aus der Stirn und hinterlässt dort Ölspuren. «Ich muss weiter ins nächste Dorf, laktosefreie Milch kaufen. Nicht für mich. Für Püppi. Da erkundige ich mich mal, ob irgendwer den Wagen abschleppen und verschrotten kann. O.k.?»

Ich bringe nur ein «Hm» heraus, ich schaffe noch nicht einmal ein leises «Danke». Marvin sieht mich überrascht an. «Heulst du etwa?»

«Quatsch.» Ich wische mir schnell über die Augen. «Ist doch nur ein Auto.» Und eine Geschichte, die definitiv zu Ende ist. Kein Abwürgen mehr an roten Ampeln, kein Stehenbleiben auf Autobahnauffahrten, keine Bundesstraßen und kein Kreisverkehr und niemals wieder Oer-Erkenschwick.

Im gleichen Augenblick dröhnt die Luft und bebt der Boden. Wummernde Bässe interessieren sich nicht für Abschiede, sie verkünden, dass etwas Neues beginnt.

Tiger fährt mit ihrem Fünftürer davon, und wir machen uns auf den Weg zur Festivalwiese. Marvin geht schweigsam neben uns her, und man kann seinem Gesicht ansehen, dass etwas in ihm arbeitet, seine unterschiedlich langen Arme schlackern vor und zurück. «Komisch irgendwie», sagt er und wird langsamer.

«Was?» Cans Blick ist geradeaus auf Bühne und Bierbuden gerichtet.

«Pavel und mein Bruder.»

«Was ist mit denen?», fragt Can, immer noch abgelenkt von der Aussicht auf Musik und Menschen, die das Leben feiern.

«Kein Plan, nur so», Marvin zuckt mit seinen Schultern. «Komisch.»

«Verstehe», sagt Can und drosselt sein Tempo. «Störts dich?»

«Weiß nicht. Nur komisch irgendwie. Ist ja nicht schwul, mein Bruder.»

«Willst du wissen, was ich denke?», Can wartet keine Antwort ab, war wohl rhetorisch, die Frage, er redet einfach weiter: «Solange es keine kleinen Kinder sind, kann es dir vollkommen wumpe sein, mit wem dein Bruder vögelt.»

«Oder Tiere», ergänze ich. «Tiere wären auch schlimm», und ich finde, damit haben wir es ganz gut zusammengefasst.

Marvin bleibt stehen. «Ihr meint echt, die beiden vögeln?»

Jetzt bleibt auch Can stehen und mustert Marvin.

«Wie alt bist du noch mal? Dreizehn? Dann bist du doch alt genug. Ja, sie vögeln.» Und im Weitergehen sagt er noch,

«Dein Bruder hat schon derbe Scheiße gebaut in seinem Leben, aber ich glaube, das mit unserem Pavel gehört nicht dazu.»

Ich frage mich, ob Can wirklich so locker ist, wie er behauptet, oder ob bei einer Familienangelegenheit plötzlich andere Regeln gelten als bei uns im Hinterhof. «Was ist denn mit deinen Schwestern?», frage ich. «Dürfen sie auch machen, was sie wollen?»

«Da hab ich voll versagt.» Can grinst. «Sie wissen so ziemlich genau, mit wem ich alles gepennt hab, denen kann ich gar nichts mehr erzählen.»

Marvin prustet los, und sein Prusten wird zu einem schrillen Gelächter. «Mit wem hast du denn gepennt?»

«Keine kleinen Kinder und auch keine Tiere.» Can wirft mir schnell einen Blick zu, aber ich laufe betont locker neben ihm her und sage: «Dann ist doch alles gut.»

«Alter, du bist voll die Schlampe.» Marvins Gelächter ist nur noch ein geräuschvolles Gejapse. Can legt einen Arm um seinen Hals und nimmt ihn in den Schwitzkasten.

«Pack mich nicht an!», kreischt Marvin.

Can ringt ihn zu Boden, lässt ihn dann los und wuschelt ihm durch die Haare. «Keine Sorge, du bist vor mir sicher. Keine kleinen Kinder.» Er reißt seine Augen auf wie Marvin und ruft mit heller Stimme: «Du fährst Krankenwagen?»

«Ist doch mega», verteidigt sich Marvin und steht wieder auf. «Und mit Blaulicht.»

Die beiden Security-Typen an der Absperrung zur Festivalwiese unterhalten sich weiter über die Phänomenologie des Geistes bei Hegel und winken uns durch.

Can ist nicht mehr zu halten, er rennt Richtung Menschen und Musik.

«Pavel ist schon in Ordnung», sagt Marvin nachdenklich.

«Leroy lächelt, wenn er ihn ansieht», antworte ich.

«Und wenn da einer was gegen sagt, stech ich ihn ab», sagt Marvin mehr zu sich selbst als zu mir und läuft zur Bühne.

Die Wiese hat sich gefüllt, hinten sitzen Menschen in großen Gruppen, und vorne, da sind die Wahnsinnigen, die die Sonne vergessen und sich darin messen, wer am höchsten springen kann. Immer wieder tauchen zwei Hinterköpfe aus der Masse auf, einer hat Locken und der andere blonde Haare. An der Rückwand der Bühne hängt eine buntes Banner, auf dem ‹Carretera› steht, und davor spielen sieben Typen alle möglichen Instrumente, Gitarre, Trompete, Mundharmonika, Kontrabass, Blockflöte, ohne Witz Blockflöte, und je höher das Publikum springt, desto schneller spielen sie. Das reißt selbst mich mit, die von Musik so viel Ahnung hat wie vom Autobahnfahren. Ich hüpfe ein paarmal am Rand der Menge in die Luft, ich werde mutiger, gehe vor dem Absprung tiefer in die Knie, springe höher und höher, je höher ich springe, desto schneller spielen sie, doch da brüllt ein Mädchen neben mir: «Autsch, pass doch auf, springt die mir voll auf den Fuß!» Ich versuche noch ein paar vorsichtige Hopser, aber wenn man einmal so richtig gesprungen ist, dann kann man nicht mehr zurück, dann kann man nicht mehr achtsam Hüpfen, das ist dann albern, da kann man sich selbst nicht mehr ernst nehmen, in dem, was man da zusammenhoppelt, also beschließe ich, die anderen zu suchen.

Vika, unser Pavel und ein Teil der Blümchenschlüpper sitzen hinten auf der Wiese, im Schatten eines Sonnenschirms, den jemand in die Erde gerammt hat. Tropenoptik. Sind einfach Profis, die Punker. Marie sitzt auch unter dem Sonnenschirm. Ohne Jo.

«Er kommt bestimmt heute Abend an oder morgen», sagt sie, sobald sie mich sieht. «Dafür habe ich Urs und Bjarne gefunden.» Marie zeigt nach vorn Richtung Bühne, und nun weiß ich auch, wer Lockenkopf und Blondschopf sind. Urs und Bjarne, die Wahnsinnigsten unter den Wahnsinnigen. Die Köpfe von Can und Marvin, die sind auch irgendwo, aber ich kann sie nicht erkennen.

«Wo ist Fine?», frage ich Vika.

«Otto übernimmt heute. Er ist mit ihr spazieren. Und mit Yasmin.» Sie rückt ein wenig näher an unseren Pavel heran und klopft neben sich auf den Boden. «Ich muss mich wohl an sie gewöhnen.»

«Sie ist total nett», sagt Marie.

«Das zählt nicht», kontert Vika. «Du findest alle nett.»

«Ist sie aber wirklich ... total nett», sagt unser Pavel.

Ich folge Vikas Aufforderung und setze mich neben sie. Immerhin bekommt meine linke Körperhälfte noch ein wenig Schatten ab. Sie reicht mir ihr Pfandglas mit Bier. «Kannst du haben, ich darf eh nicht so viel.»

Nach einer knappen Stunde wird auf der Bühne das Banner ausgewechselt, jetzt brabbeln drei Typen unverständliches Zeug in die Mikrophone, dazu laufen Beats, zu denen man nicht mehr springen will, sondern locker mit dem Kopf nicken, zwischendurch rufen sie ‹Gang of Rhön ist am Start›, das steht auch auf ihrem Banner, ‹Gang of Rhön›, aber jetzt wissen immerhin alle Bescheid und lassen sich auf die Wiese nieder, sogar die Wahnsinnigen, denn mit dem Kopf nicken kann man auch im Sitzen. Inzwischen ist es Abend geworden, die Sonnenstrahlen brennen nicht mehr auf der Haut, man kann sich bewegen, ohne zu schwitzen, alles pulsiert, das Leben ist in Gold getaucht. Das sind doch die schönsten Stunden im Sommer, oder nicht? Wenn die Welt aus dem Hitzekoma des Tages erwacht.

Der Veranstalter vom ‹FWWF› ist ein junger Typ mit fettigen Haaren und zotteligem Bart, und er lässt es sich nicht nehmen, mit Cord Deluxe den Höhepunkt des ersten Tages anzukündigen. «Sein Remix war im letzten Sommer in den Top 100 der schwedischen Charts», da hat man sich doch durchgesetzt im harten Musikgeschäft, Cord Deluxe steht mit müdem Gesicht hinter seinem DJ-Pult und boxt zwischendurch mit seiner rechten Faust nach oben in die Luft.

«Elektronische Tanzmusik aus den Neunzigern», ruft Hasi verzweifelt und rauft sich die Haare. Die Neunziger habe ich noch knapp zehn Monate mitbekommen, Vika hat sie haarscharf verpasst, Marie sogar um ein ganzes Jahr, aber mit Cord Deluxe und seiner Musik ist es ein bisschen so wie mit Vika und mir. Wenn man sich darauf einlässt, wenn man sich aneinander gewöhnt, dann ist es gar nicht mehr so schlimm, dann ist das sogar voll in Ordnung. Alle springen auf, folgen den Bässen, auch wir gehen nach vorn, werden Teil der Bewegung, so schnell geht das, Teil einer Masse, die dem gleichen Rhythmus folgt, Leiber zucken, Augen schließen, nicht denken, einfach tanzen, und wenn ich jemandem auf den Fuß trete, dann öffnen wir kurz die Augen und lächeln uns an. Als die Sonne vollständig untergegangen ist, beendet Cord seinen Auftritt. Er boxt noch einmal in die Luft und geht wortlos von der Bühne. «So sind die Auflagen», entschuldigt sich der Veranstalter. «Um 23 Uhr ist Schluss.»

Wir gehen über die Wiese, unser Pavel, Marie, Vika und ich. Die Blümchenschlüpper sind nirgendwo zu sehen, offensichtlich wurden sie von Cord deluxe in die Flucht geschlagen, zu viele lausige Erinnerungen an die Neunziger. Die Buden haben immer noch geöffnet, vor ein paar Stunden saßen Menschen in ihrem Schatten, jetzt sitzen einzelne Grüppchen in ihrem Licht, Weinflaschen, Tüten und Pommesschalen machen die Runde. Nebenan auf dem Zeltplatz startet die Gegenbewegung. Rufen, Gröhlen, Lachen, Kreischen, ein Ameisenhaufen aus Geräuschen. Wir stehen vor dem Eingang zum Zeltplatz und können uns nicht entscheiden. Irgendwie ist beides gut.

«Ich gebe eine Runde Pommes aus», sage ich.

«Ja», antwortet Vika, aber sie dehnt das A so lang, dass es eher wie ein O klingt und das Ja wie ein Nein.

«Bier?», frage ich und deute zur Bierbude.

«Können wir machen», antwortet Marie und schaut auf die andere Seite zur Gegenbewegung.

«Oder wollen wir rüber auf den Zeltplatz?», starte ich einen neuen Versuch, der alle glücklich machen soll.

«Wäre eine Möglichkeit», antwortet unser Pavel und steckt die Hände in die Taschen seiner Cargohose, als wolle er sagen, dass das eine Möglichkeit sei, aber garantiert nicht die beste aller Möglichkeiten.

«Was wollt ihr denn?», frage ich und muss zugeben, dass mir bei den Vokalen die Stimme ein wenig nach oben rutscht.

Einen kurzen Moment später stehen wir vor einer der Buden

und schauen der Verkäuferin dabei zu, wie sie Zuckerfäden um Holzstäbe wickelt und uns diese nacheinander in die Hände drückt. Wir lassen uns im Lichtschein der Bude nieder, ich ziehe an der Zuckerwatte und probiere einen kleinen Fetzen.

«Das ist mein erstes Mal.»

«Echt jetzt?», Vika sieht mich erstaunt an.

«Meine Eltern haben immer gesagt, dass Zuckerwatte keinen Sinn ergibt», sage ich. «‹Da kannst du auch einen Löffel Zucker essen, das ist billiger›», zitiere ich meinen Vater.

«Aber das ist nicht ... das macht nicht so viel Spaß.»

Und da hat unser Pavel wahrscheinlich recht, da haben meine Eltern irgendwas nicht verstanden. Dass etwas Spaß machen kann, ohne Sinn zu ergeben. Oder dass etwas Sinn ergibt, nur weil es Spaß macht.

Knock, Vikas Benachrichtigungston. «Alle Schlüpper über vierzig im Hotel. Ihr könnt mit uns im Wohnmobil pennen», liest Vika eine Nachricht von Otto vor, schiebt dann die Unterlippe vor die Oberlippe und zieht ihren legendären Flunsch. «Menno, ich wollte noch checken, ob Hasi ein Karnickel ist.»

«Bah, Vika.»

«Mach nicht immer die olle Tante, Marie», Vika stopft sich eine Handvoll Zuckerwatte in den Mund, «wir sind doch erwachsene Menschen.»

Ich pruste los, vielleicht habe ich zu viel Zucker in mir, vielleicht bin ich einfach nur betrunken, so oder so, ich kann nicht mehr aufhören. Ich lache. Ich sehe uns und lache. Marie, Vika, unser Pavel und ich mit diesen Holzstäben in der Faust, an denen ein Rest von pinker Zuckerwatte klebt, und auch unsere Münder sind verklebt, unsere Hände, sogar an

Pavels Brille klebt Zuckerwatte, alles klebt, klebt, was ist das überhaupt für ein Wort, unglaublich, wie erwachsen wir sind, ich kugele und kringele mich, und die anderen, die verstehen nichts, und wenn man etwas nicht versteht, dann ignoriert man es ganz gerne, genau das machen Marie, Vika und unser Pavel mit mir und meinem Lachen, sie quatschen einfach weiter, und das ist dann schon ziemlich erwachsen.

«Warum ist Leroy eigentlich nicht mitgekommen?», fragt Marie irgendwann, und die Antwort von unserem Pavel interessiert mich so sehr, dass ich mich langsam wieder entkringele.

«Der will den Aussichtsturm fertig machen», sagt unser Pavel. «Und überhaupt ... Leroy kann nicht so mit Menschen.»

«Er soll dich bloß nicht verarschen», schickt Vika eine Warnung an Leroy, obwohl der gar nicht hier ist, und Marie nickt bestätigend, «und wehe, er behandelt dich mies», ergänzt sie, und da kann ich mich dann doch nicht zurückhalten.

«Immer schön mit den eigenen Ohren schlackern», sage ich und zeige mit meinem Zuckerwattestab auf Marie und Vika, «guckt euch mal die Typen an, denen ihr so hinterherrennt.»

«Redest du von Jo?» Marie schaut auf meinen Holzstab, und ich ziehe ihn schnell wieder zurück.

«Er hatte was mit einer anderen, oder nicht?», frage ich, weil so komplett alles zurückziehen, das kann ich nicht.

«Stimmt schon, da hat er mich verarscht», sagt Marie, «und ich habe Schluss gemacht, weil er es mir nicht gesagt hat.»

Irgendwas steigt meine Speiseröhre hoch, Alkohol oder Zuckerwatte oder was anderes. Ich schlucke und hoffe, dass es unten bleibt.

«Ich werde ihn garantiert nicht verteidigen», Marie macht eine kurze Pause, dann fährt sie fort, «aber ich weiß, wie es aussieht, wenn Typen Frauen mies behandeln. Das hat null mit mir und Jo zu tun. Das mit mir und Jo, das ist –»

«Und was soll Otto verbrochen haben?», fragt Vika ungeduldig dazwischen, und wir erfahren nicht mehr, was das mit Jo und Marie ist.

«Der hat doch ständig fremdgevögelt», sage ich.

Unser Pavel verschluckt sich an dem Bier, das er gerade von dem Grüppchen neben uns für den Rest seiner Zuckerwatte bekommen hat. Er hustet und keucht. «Wie ... wer erzählt denn so was?»

Vika hebt die Arme und zeigt uns ihre verklebten Handflächen. «Ich bestimmt nicht.»

«Keine Ahnung», stammele ich und hänge bei Nagel Daumen Luft so richtig in der Luft, «habe ich gehört irgendwie.»

«Von wem?»

Mir fällt darauf nichts ein, ich sehe Otto im Hinterhof, der sagt: ‹Ich hab das mit Vika oft genug durch›, smile und slime, man vertauscht zwei Buchstaben, und schon entsteht eine andere Version der Geschichte.

«Vika hat Otto ..., also sie hat ihn mies behandelt», sagt unser Pavel, «und irgendwann ... wollte er nicht mehr.»

«Bin ich jetzt Hypertron, oder wie?» Vika schaut uns an. «Otto und ich waren zusammen, seit wir zwölf sind. 'tschuldige, aber ich muss auch mal gucken dürfen, was es sonst noch gibt.»

«Dann musst du aber auch nicht rumheulen, wenn er Schluss macht», stellt unser Pavel fest, ohne im Satz hängen zu bleiben.

«Warum bist du denn so fies?»

«Otto ist mein bester Kumpel … und er hat übel gelitten wegen dir.»

«Schon kapiert. Hauptsache, Yasmin ist total nett.» Vika pustet sich genervt den Pony aus der Stirn. «Alles kaputt gerade meine Mutter egal ich dachte echt Otto und ich das ist für immer.» Manchmal redet Vika so schnell, dass Punkt und Komma keine Chance haben. «Und Pavel du warst immer mein Plan B und jetzt verknallst du dich einfach in Leroy den Zombie.»

«Ich liebe dich auch», unser Pavel legt seinen Kopf auf Vikas Schulter, «aber … ich bin kein Plan B.» Vika nimmt ihm die Brille von der Nase und wischt die Zuckerwatte weg.

«Die Party ist übrigens nebenan.» Cans Stimme kommt aus der Dunkelheit, und ich schaue schnell auf den Boden, damit niemand mein Lächeln sieht.

«Can, wieso hatten wir eigentlich nie was miteinander?», fragt Vika. «Da stimmt doch was nicht.»

«Redet ihr wieder über Schmuddelkram?» Can setzt sich zwischen mich und Marie. «Das muss aufhören. Marvin ist anwesend.»

«Ich weiß auch so, dass Can die größte Schlampe ist», sagt Marvin, er zögert kurz, dann hockt er sich auf meine andere Seite, zwischen mich und unseren Pavel.

«Seht ihr», Vika triumphiert. «Can ist viel schlimmer als ich.»

«Das ist schon erstaunlich», unser Pavel hat seinen Kopf von Vikas Schulter genommen, als sich Marvin neben ihn gehockt hat, «dass ihr nie was ...»

«Wir Frauen vom Hinterhof sind ihm zu anstrengend», Marie krault Cans Hinterkopf, «mit uns fängt er nichts an.»

«Genau», sagt Can, und ich gucke wieder auf den Boden. Ich spüre sein Zögern, und dann haut er es auf einmal raus, «aber das ist nicht so in Stein gemeißelt, ist schließlich kein Dreihasenfenster.»

Vielleicht ist es mein Blick auf den Boden, vielleicht ist es Cans Zögern gewesen, vielleicht die Kombination aus beidem, die uns verrät, auf jeden Fall ruft Vika: «No way!» und: «Wann?».

«Nichts Wildes», sagt Can, und ich warte darauf, dass er drum rumredet, aber das tut er nicht. «In der ersten Nacht in Münster.» Jetzt ist es tatsächlich raus. Das mit Can und mir.

«Als ich geschlafen habe? Neben mir?», fragt Marie, und ich muss nicht hinsehen, ich kann weiter auf den Boden gucken, ich weiß auch so, dass sie aufgehört hat, Cans Hinterkopf zu kraulen.

«Badewanne», sage ich, mein Gesicht wird heiß, und ich beiße mir auf die Oberlippe, damit ich nicht wieder loskringele, ich kratze mit dem Holzstab ein abstraktes Gemälde in die Erde und nenne es ‹In der Wanne mit Lady Gaga›.

Wir liegen zu dritt auf dem Teppich in Matthes' Wohnung. Marie ist eingeschlafen. Matthes schnarcht. Can neben mir ist noch wach. Sein Bein an meinem. Das muss doch was bedeuten, dass er neben mir liegt, nicht neben Marie, und sein Bein an meinem. Ich streichele mit meinem Handrücken über seine Wange, er sieht mich an, seine Lippen sind leicht geöffnet. Ich küsse ihn. Er küsst mich. Wir sehen uns an, dann schließen wir die Augen und küssen uns. So einfach geht das manchmal. Wir stehen auf und schleichen ins Bad, weil sich Rumknutschen neben Marie komisch anfühlt. So einfach geht das manchmal, in der Nacht, wenn alles dunkel ist, wenn man zu müde zum Denken ist, zu wach zum Schlafen, niemand da, nur wir zwei, alles ein Traum, alles so ziemlich genial. Der nächste Morgen, der ist schwierig, alles wieder hell und alles wieder wach. Da denken wir wieder und tun so, als sei gar nichts passiert, Can und ich, das gibt's doch nicht, und das ziehen wir durch, konsequent, vor den anderen und vor uns selbst.

«Entenarsch und du, das gibt's doch nicht.» Vika klatscht vergnügt in die Hände, so wie Fine es immer macht.

«Ich dachte, keine Tiere», sagt Marvin verwundert zu Can, und da muss ich mir nicht mehr auf die Oberlippe beißen, da vergeht mir das Kringeln und Kugeln, und zwar so richtig.

«Ist dir das peinlich?», fragt mich Vika. «Ist doch nur vögeln.»

«Haben wir nicht», stelle ich klar und arbeite weiter an meinem abstrakten Gemälde.

«Habt ihr nicht? Dann ist ja gar nichts passiert.» Vika klingt ein bisschen enttäuscht.

«Biste jetzt sauer?», fragt Can, logisch, dass er Marie das fragen muss, weil Marie nicht mehr seinen Hinterkopf krault.

«Quatsch», sagt Marie, «ihr könnt machen, was ihr wollt.»

«Ist so passiert», sagt Can.

War Zuckerwatte, denke ich. «Wir haben halt Spaß gehabt», ich hebe den Blick und schaue in die Runde.

«Ja, oder?», Can grinst, «Scheiße ... hatten halt Spaß.»

Und damit ist für den Rest vom Hinterhof alles gesagt. Wir setzen uns zu einer größeren Gruppe neben der Bierbude und nehmen jede Runde mit. Da kann kommen, was wolle, das ist wie Kirmesbesuch mit reichen Verwandten. Marvin wird es trotzdem irgendwann zu langweilig, er verabschiedet sich von uns und rennt zur Gegenbewegung.

«Der hat sich mit dem Uschi und mit Bjarne angefreundet», erklärt Can, «da weiß man überhaupt nicht, wen man vor wem warnen soll.»

Nach und nach lösen sich alle Grüppchen auf, manche wollen schlafen, alleine oder miteinander, manche wollen weiterfeiern, manche wollen einfach nur irgendwie die Nacht überstehen und kriechen hinter den Partymenschen zum Zeltplatz, kotzen oder nicht kotzen, das ist wohl die Frage.

Wir torkeln über die Festivalwiese in Richtung Wohnmobil, fühlen uns wie eine Fahrt zu viel im Break Dancer. Unser Pavel, Marie und Vika vorneweg, Can und ich hinterher.

«Wer will noch nicht, wer hat schon mal!», brüllt unser Pavel, «locker vom Hocker, jetzt kommt Schwung in die Kiste.» Er breitet die Arme zur Seite aus und läuft in die Dunkelheit. Wir hören nur noch sein Lachen, Vika und Marie rennen hinter ihm her.

Can nimmt meine Hand.

Ich ziehe ihn zu mir, endlich wieder seine Lippen auf meinen, unsere Zungen finden sich, und wir taumeln, lassen uns auf die Wiese fallen und taumeln noch immer, sein Gesicht über meinem. Und da fällt es mir wieder ein.

Ich schiebe Can weg von mir und krieche zur Seite.

«Musst du kotzen?», fragt Can und setzt sich auf, in der Dunkelheit sehe ich nur seine Umrisse.

Ich schüttele den Kopf.

«Kein Bock?»

«Doch», sage ich, «Aber ‹Ich dachte, keine Tiere›.»

«Ach komm», Can beugt sich vor und zieht leicht an meinem T-Shirt-Ärmel, «blöder Spruch von Marvin.»

«Stimmt doch.» Ich schwinge meinen Arm nach hinten, damit er meinen Ärmel loslassen muss, seine Finger auf meiner Haut kann ich gerade nicht gebrauchen, mir ist schon schwindelig genug, ich verliere das Gleichgewicht und plumpse auf die Seite, ach, wenn ich nur ein elegantes Wesen wär.

«Wie jetzt?» Es ist spät, es waren viele Runden, und Can kapiert wahrscheinlich gar nichts mehr.

«Eigentlich willst du nicht so richtig.» Ich stütze mich auf meine Handgelenke und komme wieder zum Sitzen

«Ich kapier gar nichts mehr», sagt Can, weiß ich doch, denke ich und helfe ihm auf die Sprünge.

«Bei Licht betrachtet, da willst du nichts von mir.»

Marie und Vika sprinten über das Feld. Can tritt mir sanft gegen den Turnschuh. Ich schubse ihn mit meiner Hüfte. Wir landen im Gras. Unsere Gesichter ganz nah. Can über mir. Ich hebe meinen Kopf ein wenig. Doch er steht auf. Er reicht mir die Hand. Ich stehe auf. Nichts passiert. Nur ein paar Grashalme in den Haaren.

«Bei Licht betrachtet? Vorhin, als Marie kurz pinkeln war?» Can stöhnt und lässt seinen Kopf auf die Knie sinken. «Ernsthaft?»

«Das war so scheiße von dir.» Ich robbe nach vorn und gebe Can einen Stoß in die Seite. Den hat er nicht kommen sehen, wie auch, mit dem Gesicht auf den Knien, und er kippt um. Ich kann mich auch nicht mehr halten und lande bäuchlings auf der Wiese, ich könnte einfach liegen bleiben, aber wenn ich liege, beginnt der Boden zu schwanken. ‹Wir sind zu jung ... für Gras im Mund›, würde unser Pavel jetzt sagen, also rappele ich mich wieder auf.

«Alle wissen, dass da was läuft, alle haben es mitbekommen, wir haben Spaß, wo ist dein Problem?», fragt Can, der immer noch auf dem Rücken liegt.

Zuckerwatte, denke ich, Zuckerwatte ist mein Problem, da bin ich die Tochter meiner Eltern, sogar mit ordentlich Karussellrunden im Blut bin ich das noch, und Zuckerwatte ist mir einfach nicht genug.

«Was ist, wenn wir Jo nicht finden?», frage ich. «Wenn er nie wieder auftaucht?»

«Das hatten wir doch schon.» Can richtet seinen Oberkörper wieder auf, geschmeidig und elegant ist da auch nichts mehr.

«Dann sag halt was. Du und Marie?» Diesmal werde ich mich nicht zufriedengeben mit Nagel Daumen Luftgefahr und alles so schön grün hier.

«Gerade geht es doch um uns beide, oder nicht?» Can sieht mich an, und als ich nichts sage, beugt er sich vor. Ich drehe den Kopf weg. Wenn alles so verdammt dunkel ist, wie soll man da irgendwas erkennen?

«Vielleicht solltest du langsam mal kapieren, dass du gar nicht so kacke bist, wie du denkst.» Can kämpft sich auf die Beine und schwankt davon.

Ich bleibe sitzen und reiße Grasbüschel aus, dabei können sie ja gar nichts dafür, die Grasbüschel, dass mein Kopf gerade so komplett anders tickt als der Rest von mir.

Als ich beim Wohnmobil ankomme, sitzt nur noch Vika unter der Markise mit einer Zwiebackpackung im Arm.

«In einem Raum mit Otto und Yasmin. Ich muss so richtig im Arsch sein, bevor ich pennen gehe, sonst gibt's Tote», flüstert sie. «Und bei euch? Wieder nichts passiert?»

Ich ziehe einen Mundwinkel zur Seite, und das reicht Vika schon als Antwort.

«Och Mensch! Und ich dachte schon, du bist keine olle Tante.»

Sie wischt sich ein paar Krümel vom T-Shirt. Yesterday tomorrow now.

«Wie lange trägst du das eigentlich schon?», frage ich.

Vika guckt runter auf ihr Shirt. «Habe ich heute Morgen aus dem Schrank geholt. Frisch gewaschen.»

Heute Morgen, denke ich, das ist echt ewig her.

Ich schaue aus dem Beifahrerfenster des Wohnmobils und fürchte, dass sich einiges zusammenbraut. Das strahlende Himmelblau der letzten Tage ist zu einem stumpfen Weißgrau geworden, und ich sehe Marie, die über die Wiese geht, in ihrer Hand die Erbsendose.

Die Nacht ist kurz und unbequem gewesen. Yasmin, Fine

und Otto hatten das Bett besetzt, unser Pavel, Marie und Vika die obere Schlafkabine, Can die Sitzgruppe. Aber so läuft das eben. Wer zu spät kommt, muss sich nicht wundern oder auf Schnick, Schnack, Schnuck hoffen, wer zu spät kommt, wird vom Leben bestraft, in meinem Fall mit Vordersitzen. Immerhin hat mir diesmal kein Schalthebel in die Seite gedrückt, weil der Schalthebel direkt am Lenkrad angebracht ist, wie das beim Fahren funktionieren soll, keinen Schimmer, aber das brauch mich auch nicht zu kümmern, dafür hatte ich mit der Lücke zwischen den beiden Sitzen zu kämpfen, bis unser Pavel von oben herunterrief: «Rollkoffer», und der passte perfekt in den Zwischenraum, nicht unser Pavel, sondern der Rollkoffer.

Als ich die Beifahrertür öffne und nach draußen klettere, werden all meine Befürchtungen bestätigt. Es ist schwül, ich fange sofort an zu schwitzen, und unser Pavel erzählt, dass Marie so lange den Eingang bewachen will, bis Jo endlich auftaucht.

Alle hängen verpennt unter der Markise ab. Außer Can, der sitzt in Jogginghose und oberkörperfrei auf Hasis Alustuhl, als wolle er ihn würdig vertreten oder als wolle er mir zeigen, was ich verpasst habe. Und das funktioniert ganz gut.

Unser Pavel hat von irgendwoher eine Transportkiste aus Plastik organisiert und mit Wasser gefüllt. Er hebt Fine in die Kiste, sie stampft mit ihren Beinchen auf, das Wasser spritzt in alle Richtungen, und Fine hat Spaß.

«Fine und ich machen heute Mädelstag am Pool», verkündet Vika gähnend und winkt Marvin zu, der pfeifend und mit schlackernden Armen auf das Wohnmobil zukommt.

«Da ist aber einer ausgeschlafen», sagt Otto, der sich mit Yasmin die Gartenliege teilt.

«Noch gar nicht gepennt», Marvin schmeißt sich auf Püppis Alustuhl.

«Ich hab es geahnt», Can atmet tief durch die Nasenlöcher ein und aus. «Der Umgang mit dem Uschi und Bjarne verdirbt dich.»

«Alter», Marvin schwingt seinen linken Arm in die Höhe und lässt ihn wieder fallen, «zieh dir gefälligst was an, bevor du mit mir redest», dann hält er sich mit seinem rechten Arm den Bauch. «Ich hab Hunger, was gibt's zu essen?»

«Du wolltest uns doch Pommes ausgeben», Vika guckt mich an, also redet sie wohl mit mir.

«Wollte ich?»

«Gestern. Vor der Zuckerwatte.»

«Ach so», jetzt erinnere ich mich wieder, «Pommes zum Frühstück?»

«Pommes sind wie ... Orangenlimonade. Die gehen immer», sagt unser Pavel, der aus Din-A4-Blättern eine Schiffsflotte für den Pool faltet.

«Alles klar», investiere ich also meine Ersparnisse in Pommes für alle, jetzt, wo mein Auto tot ist und kein Benzin mehr braucht. «Wer hilft tragen?»

«Ich muss mich erst mal anziehen», sagt Vika, die tatsächlich immer noch in ihrem Nachthemd dasitzt, ein kurzes weißes Trägerkleid aus Baumwolle, auf dem ‹sweet dreams› steht.

«Can und ich kommen mit», Marvin springt auf.

«Wenn du das sagst», Can hievt sich in die Höhe und geht Richtung Bühne und Festivalwiese.

«Du musst dir noch was anziehen», schreit ihm Marvin hinterher, «ohne Spaß jetzt», aber Can streckt sich nur mit ausgebreiteten Armen bis in die Mittelfinger und läuft weiter.

Kurz vor den Buden holen wir ihn ein, er grüßt immer wieder nach links und rechts, und ich frage: «Woher kennst du die denn alle?», weil mir keines der Gesichter auch nur ansatzweise bekannt vorkommt.

«Wir sind doch schon 'ne Weile hier», sagt Can und winkt fröhlich zwei Typen zu. Es sind die beiden Security-Typen, die Can nicht reingelassen haben. Ohne ihre Westen hätte ich sie beinahe nicht erkannt. Dass sie nicht mehr Security auf dem Rücken stehen haben, hält sie jedoch nicht davon ab, breitbeinig auf Can zuzuposen.

«Pass bloß auf», sagt der Typ mit dem Drachentattoo und streckt seinen Zeigefinger aus. «Solche wie dich kennen wir. Beim nächsten Mal helfen dir deine Assi-Freunde auch nicht weiter.»

«Wen nennst du hier Assi?», Marvin schnellt auf seinen ungleich langen Beinen nach vorn und stellt sich zwischen Can und den ausgestreckten Zeigefinger.

Der Kerl mit der akkuraten Frisur fängt an zu lachen. «Was soll das denn werden? Zwergenaufstand?»

Ich sehe, wie Marvin in seine Hosentasche greift, und will mich gerade zwischen ihn und die Hackfressen werfen, als Can sagt: «Lass mal stecken, sind sie nicht wert, die Elfenstaubverschlucker», und ich fühle mich bestätigt, E-Lfenstaub-Verschlucker ist als Beleidigung nicht so wirklich praktikabel. Can zieht Marvin hinter sich her, und ich gebe Deckung, die Typen rufen noch irgendwas, «Maul halten, ihr Hackfressen», brülle ich, und wo ich schon mal in Fahrt bin, «sind eure Pimmel zu klein, oder was?»

Der mit dem Drachentattoo reißt seine Augen auf und will losstürmen, mir entfährt ein leicht panisches Quieken, aber dann hält ihn die akkurate Frisur am Oberarm fest, und sie drehen um.

«Kann doch nicht wahr sein», zischt Can, «hast du dein Messer in der Tasche.»

«Beim Bühneneingang haben die nicht kontrolliert», murrt Marvin. Wir sind schon längst an der Pommesbude vorbeigelaufen und bleiben stehen. Marvin betrachtet den Boden, und Can schaut mit zusammengepressten Lippen nach links und rechts, ohne jemanden zu grüßen.

«Aber auf einer Massenveranstaltung ein Messer zu ziehen, das ist schon ziemlich bescheuert», sage ich.

«Die haben Can scheiße angemacht», schnauzt Marvin jetzt mit zusammengezogenen Augenbrauen. «Und wir sind doch Kumpel, oder?»

«Klar sind wir Kumpel», sagt Can, und sein Gesicht entspannt sich langsam wieder, «sind wir aber auch, wenn du keinen für mich abstichst. Kapiert?»

«Bin ja nicht blöd.»

«Stimmt. Biste nicht.» Can umarmt Marvin, wuschelt ihm durch die Haare, der wehrt sich mit seinen ungleich langen Armen und ungleich langen Beinen, ruft: «Hör auf, du bist voll nackt, du Hure», und Can lässt ihn wieder los. «Wenn du nicht kuscheln willst, dann gehen wir eben Pommes kaufen.»

Als wir bei der Pommesbude ankommen, schaut mich Can an und grinst. «Sind eure Pimmel zu klein?»

«Das darf ja wohl mal gefragt werden», sage ich und dann zu der Verkäuferin: «Neun Pommes, bitte.»

«Gerne. Pimmel haben wir nämlich keine», sagt sie trocken. «Mayo oder Ketchup?»

Wenig später laufen wir pommesschalenbeladen am Stand mit den T-Shirts vorbei. Marvin und ich werden langsamer. Goldene, weiße und schwarze Buchstaben auf allen Farben des Regenbogens. Vika würde ausrasten.

«Kannst du dir was zum Anziehen kaufen», ruft Marvin, aber Can ist schon links und rechts grüßend auf Höhe der Zuckerwattebude.

Als wir beim Wohnmobil die Pommes abliefern, schaue ich auf Vikas Klamotten und kann es nicht fassen. Kein Spruch, nur weiße Punkte.

«Da ist gar nichts drauf», sage ich und deute mit einem Kopfnicken auf ihr Shirt.

«Auf den Pommes?», fragt Vika entrüstet, «ich wollte Mayo!»

«Auf deinem T-Shirt.»

«Was?», sie schaut an sich herunter. «Voll viele Pünktchen! Hässlich, oder?»

Ich nehme zwei der Pommesschalen und gehe zum Eingang, wo ich Marie finde.

Sie sitzt direkt neben dem Metallzaun und hält den Blick konsequent auf den Eingang gerichtet. Die beiden Security-Typen beachten sie nicht weiter und unterhalten sich über die Risiken von Softeis.

«Pommes?», frage ich und halte ihr eine der Schalen hin, aber sie lehnt ab.

«Er ist noch nicht da», sagt Marie, «Aber es sind ja noch ein paar Stunden bis zum Auftritt.» Ich nicke mit dem Kopf und setze mich neben sie.

Wir sind in der Lücke zwischen dem Jetzt und dem Anderen. Wir warten.

Warten auf das Gewitter. Warten auf die Blümchenschlüpper. Warten auf Jo. Sicher ist nur, dass das Gewitter und die Blümchenschlüpper irgendwann kommen werden.

Wir sitzen, starren und schweigen. Ich esse meine Pommes, und als die Schale leer ist, greife ich mir die Schale, die vor Marie steht, und als ich Maries Schale leer gegessen habe, ist mir schlecht. Ständig kommen neue Besucher auf das Festivalgelände, aber niemand davon ist Jo. Ich schreibe eine Nachricht in die Gruppe, dass uns jemand den Sonnenschirm vorbeibringen soll. Der Himmel ist immer noch weißgrau, nun mit einem leichten Stich ins Gelbe, die Luft ist so dick und schwer wie ein Vorgartenbuddha, aber sie lächelt nicht, sie ist so mies gelaunt, dass es einem den Atem raubt. Wenig später kommt Vika auf uns zu, auf dem einen Arm trägt sie Fine, unter den anderen Arm hat sie den Sonnenschirm geklemmt. Und sie trägt ein anderes T-Shirt. Es ist pink, mit weißen Buchstaben steht ‹Grlpwr› drauf. Und genau die brauchen wir jetzt.

Ich stehe auf und nehme den Sonnenschirm entgegen.

«Die blöden Technikleute haben unseren Pool geklaut», motzt Vika. Sie stellt Fine auf den Boden, die zum Metallzaun tapst und hindurchschaut. «Das ist die Aufbewahrungsbox für unsere Kabel», äfft Vika die Technikleute nach, «da könnt ihr doch nicht einfach Wasser reinmachen.»

«Steht dir», unterbreche ich Vikas Monolog über Menschen ohne Manieren und zeige auf das T-Shirt.

«Ja, oder?» Vika strahlt, stemmt ihre rechte Hand in die Seite und schiebt Hüfte und Hintern nach links. «Ich würds dir gern leihen, aber du ziehst immer nur diese langen Teile an.» Ich kehre ihr den Rücken zu, um den Sonnenschirm mit der Spitze in die Erde zu rammen.

«Also, wenn ich deinen Hintern hätte», höre ich Vikas Stimme und unterdrücke den Impuls, mein T-Shirt weiter nach unten zu ziehen, «ich würde den nicht verstecken. Ich würde nur so T-Shirts anziehen, mit einem Pfeil auf dem Rücken, der nach unten zeigt. Ehrlich wahr.»

«Entenarsch», sage ich und drehe mich zu ihr um.

«Aber doch nicht wegen dem Hintern.»

«Warum dann?»

«Keine Ahnung.» Mehr fällt Vika dazu nicht ein, sie lässt sich neben Marie nieder.

«Can, Otto und unser Pavel checken den Bühneneingang.» Vika zieht Marie ein Stück zurück, damit sie im Schatten des Sonnenschirms sitzt.

«Ich habe Urs und Bjarne geschrieben», sagt Marie, ohne den Blick vom Eingang zu wenden, «damit sie sich weiter auf dem Zeltplatz umschauen.»

Am frühen Nachmittag startet das Festivalprogramm. Wir nehmen jeden neuen Besucher genau unter die Lupe, könnte ja sein, dass Jo Perücke und Fensterglasbrille trägt, aber er ist und bleibt verschwunden.

Fine sitzt auf der Wiese und greift nach Gänseblümchen.

«Fine, die pflücken wir nicht mehr.» Vika hockt sich neben

ihre Tochter. «Wir pflücken jetzt Löwenzahn. Girlpower. Verstehste?» Aber dann lässt sie Fine doch Gänseblümchen pflücken. Fine hält die Blümchen kurz in der Hand, betrachtet sie genau, lacht uns mit leuchtenden Augen an und zerfetzt sie.

Der erste Act ist endlich bei der Zugabe angekommen. «Lea-Bella», zwei Mädchen mit Gitarren und viel Lalala, da schwingt das Publikum gerne die Arme nach oben und macht am Smartphone die Taschenlampe an, inzwischen ist der Himmel so grau, dass man die Lichter sogar sehen kann.

«Voll eklig», Vika kräuselt ihre Lippen, die heute mal nicht rot geschminkt sind, «die haben so Zöpfe wie Yasmin. Ist wohl der neue Schlampenlook.»

Wir müssen gar nicht antworten, Vika verdreht im vorauseilenden Gehorsam die Augen und sagt: «Yasmin ist total nett.»

Nach ‹Lea-Bella› bauen die Jungs von ‹Motorväg› ihre Instrumente auf. Soweit ich erkennen kann, sehen sie so aus wie die Typen, die gestern mit Kabeln hin und her gelaufen sind und heute Fines Pool geklaut haben, vielleicht sind es auch dieselben. Auf jeden Fall lieben sie Gitarren, Schlagzeug und Gebrüll. Und das ist so laut, dass Vika sich mit Fine querfeldein in Sicherheit bringt.

Auch Marie und ich verlassen das Festivalgelände, die zwei Security-Typen unterhalten sich inzwischen über die Risiken von Haartransplantationen, und wir gehen den Feldweg hinunter zur Landstraße.

Plötzlich bleibt Marie neben mir stehen und umfasst meinen Unterarm. Ein Typ mit Baseballcap und einem riesigen Rucksack kommt auf uns zu. Mein Puls erhöht sich, wie muss es da erst Maries Herz ergehen, das muss sich doch gleich wie ein Selbstmordattentäter aus ihrem Körper sprengen, so heftig schlägt es, der Typ kommt immer näher, ich höre, wie Marie neben mir schneller atmet, ihr Griff um meinen Unterarm wird fester, und dann höre ich die Erbsendose, die auf den Asphalt fällt. Der Typ geht an uns vorbei, biegt auf den Feldweg ein. Nur irgendein verschissener Typ mit der gleichen Baseballcap, die Jo immer getragen hat.

Wir verharren, mit einem Bein auf der Straße, ab und zu kommen Autos vorbei und hupen, aber hupende Autos interessieren mich schon lange nicht mehr. Marie guckt nur starr nach vorn auf irgendeinen Punkt am Himmel, was auch immer sie da sieht, ich sehe nur dunkle Wolkenberge.

«Falscher Alarm», sage ich nach ein paar Minuten, Marie lässt meinen Unterarm los und hebt die Erbsendose auf.

«Ihr müsst nicht auf mich aufpassen», sagt sie, und ihre Stimme wirkt so abwesend wie ihr Blick, und da ich immer noch bei ihr stehen bleibe, muss sie deutlicher werden: «Ich wäre jetzt gerne allein.»

Die Wiese rund um den Tourbus der Blümchenschlüpper ist menschenleer, wahrscheinlich sind alle Typen, die hier sonst immer in schwarzen T-Shirts hin und her laufen, gerade auf der Bühne und lassen ihre Haare fliegen.

Auf der Gartenliege mit Stoffbezug in Tropenoptik finde ich unseren Pavel und Vika.

«Fine schläft», sagt Vika.

«Marvin auch», flüstert unser Pavel. «Der liegt seit Stunden ... liegt der im Koma.»

«Hat die letzte Nacht wohl doch nicht so weggesteckt», stellt Vika fest.

«Da kommt gleich ein richtiges Unwetter.» Ich setze mich neben die Gartenliege auf die Erde.

«Ach», Pavel mustert den dunkelgrauen Himmel, «das läuft ... läuft vorbei.»

Er reicht mir sein Smartphone. «Ist fast fertig, der Aussichtsturm», sagt er, ich sehe ein Foto von Leroy, der mit ausdruckslosem Gesicht vor einem aufgerichteten Holzpfosten steht.

«Musst eins weiter ...»

Ich wische ein Foto weiter. Leroy sitzt auf einer Holzplattform, die von vier Pfosten getragen wird. Er lächelt.

«Dann können wir bald richtig weit gucken», sage ich, und unser Pavel schiebt seine verrutschte Brille zurück auf die Nasenwurzel.

Wir hören den Jungs von ‹Motorväg› dabei zu, wie sie sich an ihren Instrumenten und der Welt abreagieren. Hier unter der Markise ist die Lautstärke erträglich, als ob jemand den Regler ein paar Zentimeter nach unten gezogen hätte. Sobald die Band ihren Auftritt beendet hat, laufen wieder Typen in schwarzen T-Shirts und mit Kabeln über der Schulter hin und her.

«Jetzt kommen die ... ‹Söhne reicher Eltern›», sagt unser Pavel, nachdem er einen Blick auf den Festivalflyer geworfen hat.

«Vielleicht sollte ich mir die mal ansehen», überlegt Vika, sie verschwindet noch einmal kurz im Wohnmobil, und als sie zurückkommt, verkündet sie: «Fine und Marvin schlafen ganz brav.»

«Wenn sie aufwachen ... ich bin ja da», sagt unser Pavel.

Wir gehen zur Festivalwiese, vorbei an zwei Securitys, die sich nichts zu sagen haben.

Auf der Bühne stehen vier junge Typen in Poloshirts und Skinny Jeans. Sie singen davon, wie sie mit ihrem Trecker zur Eisdiele cruisen, und schwärmen von ihrem neuen Wecker, der wahnsinnig viele Sonderfunktionen hat.

«Was soll das?», brüllt mir Vika ins Ohr.

«Wahrscheinlich ironisch!», brülle ich zurück.

«Versteh ich nicht.»

Wir hören uns noch einen weiteren Song über Puderzucker an, dann brüllt Vika: «Ich gehe zurück zum Wohnmobil.» Ich schaue zum Himmel, in der Ferne zucken die Blitze, und die Luft ist immer noch ein Vorgartenbuddha.

Als die Blümchenschlüpper auf der Bühne starten, taucht unser Pavel neben mir auf.

«Wir sind lauter als ihr», singt Püppi aus vollem Hals.

«Dreckig und wild», singen Hasi und Schnecke.

«Ihr nennt es Leben», singt Püppi und wird noch lauter.

«Wir nennen es Resignation», grölt die Menge und dreht durch.

Lämmchen ist schon nass geschwitzt, aber er gibt alles, prügelt auf sein Schlagzeug ein. Hasi trägt auch auf der Bühne kein T-Shirt, nur seine Gitarre, und wenn man sein Gesicht ausblendet, dann sieht er beim Schwitzen extrem heiß aus, da verpasst Vika was. Und Otto, der steht dort oben mit seinem offenen Hemd, abgeschnittener Nadelstreifenhose und Chucks. Der muss nicht lauthals grölen oder schwitzen, der ist einfach da.

«Er ist so, ... so Rockstar», ruft unser Pavel stolz. Und ich glaube, dass unser Pavel gerade verdammt glücklich ist. So einen besten Freund zu haben und so einen Leroy, der ihm einen Aussichtsturm baut. Und vielleicht auch, weil er weiß, dass er so viel mehr sein kann als der nächste Wendthoff. Vielleicht weiß er es auch nicht. Vielleicht ist es auch egal, weil unser Pavel sowieso aus allem etwas Besonderes macht. Gib ihm eine Plastikkiste, und er macht einen Pool daraus. Gib ihm einen Hinterhof, und es wird der schönste Ort auf Erden.

«Deinen Burn-out rahmst du dir ein», singt Püppi.

«... und stellst ihn auf deine Kommode», singen Hasi und Schnecke.

«Vintage natürlich», grölt die Menge.

Plötzlich kommt Can angesprungen, legt den Arm um unseren Pavel und reißt ihn mit nach vorn ins Gewühl.

«Deine Frau hängst du in den Schrank», singt Püppi.

«... neben ihre Gucci-Handtasche», singen Hasi und Schnecke.

Ich versuche, mich ein wenig näher an die Bühne heranzukämpfen. Irgendein Ellenbogen trifft mich an der Schläfe, und ich bleibe erst einmal stehen.

«Wir nennen das Resignation», grölen Bjane und Urs, die genau vor mir mit Anlauf gegeneinanderspringen. Ich warte darauf, dass der Song endlich zu Ende ist, sage mir, dass die Stöße und Tritte zum Spaß dazugehören, ich mache einfach mit, rempele ein bisschen nach links und rechts, und tatsächlich, das macht Spaß, fast noch mehr als springen. «Wir nennen das Resignation», gröle ich, aber da ist das Lied auch schon vorbei, und ich gröle «Habt ihr Marie gesehen?» in Bjarnes Ohr.

«Vorhin am Zeltplatz», antwortet er. «Wo ist Marvin?»

«Der pennt.»

Der nächste Song beginnt, und Bjarne und Urs springen weiter gegeneinander, immer höher und heftiger als all die anderen. Marvin ist den beiden einfach noch nicht gewachsen.

Ich lege die Hände über meinen Kopf, verstecke mein Gesicht in der Armbeuge und schlage mich Richtung Zeltplatz durch, Arme und Beine prasseln auf mich ein, und als ich den Rand der Menge erreicht habe, atme ich tief durch. An der Absperrung zum Zeltplatz reden zwei Mädchen auf die beiden Security-Typen ein.

«Die hat mir eine Dose an den Kopf geworfen», sagt die eine entsetzt.

«Eine volle Dose Erbsen.»

Ich laufe an ihnen vorbei, vorbei an grünen, blauen, roten Zelten. Ich finde die Erbsendose und hebe sie auf, ein orangefarbenes Zelt liegt flach auf dem Boden, bestimmt Zufall, denke ich mir, aber dann liegt da noch ein flachgelegtes Zelt und noch eines.

Hinter einem gelben Sechsmannzelt finde ich sie. Marie hält in der einen Hand eine Wodkaflasche, mit der anderen Hand reißt sie Heringe aus der Erde und tritt dann mit voller Wucht gegen die Zeltstange.

Was macht man, wenn man einem tollwütigen Tier begegnet und man nicht weglaufen kann, weil man sich ja irgendwie verantwortlich fühlt für das tollwütige Tier? Ich könnte mich auf sie draufschmeißen und sie so lange auf den Boden drücken, bis sie sich beruhigt hat. Oder ich könnte Hilfe rufen. Ich könnte Vika anrufen, damit sie mir Tiger vorbeischickt, die ist schließlich Rettungssanitäterin, manchmal sogar mit Blaulicht. Und was würde Tiger dann wohl tun?

Hingehen, schätze ich mal, ruhig mit ihr reden. Wenn es passt, eine Hand auf ihren Oberarm legen. Marie hat das nächste Zelt flachgelegt, ich denke an die aufgeregten Mädchen und die Securitywesten, die gleich auftauchen werden. Hingehen, reden, Hand auf den Oberarm, das kriege ich auch hin, spreche ich mir Mut zu, und wenn das nicht klappt, dann schmeiße ich mich auf sie drauf.

«Marie», sage ich ruhig und gehe auf sie zu.

«Hast du ja gleich gesagt, oder nicht?» Sie tritt gegen die nächste Zeltstange. «Dass er nicht kommt.»

«Gleich kommen die Typen von der Security», sage ich und gehe noch einen Schritt auf sie zu. Bisher bringt das überhaupt nichts, das Zelt fällt, und Marie läuft zum nächsten.

«Die kommen gleich», wiederhole ich, und als ich höre, wie die Zeltstange in der Mitte bricht, «das bringt ihn doch auch nicht zurück.»

«Ohne uns. Richtet die Welt zugrunde. Ohne uns», schallt es von der Bühne herüber, während Marie das nächste Zelt niederstreckt.

Die Musik ist so laut, dass sie an der Absperrung nichts von Maries Zeltmassaker mitbekommen können. Vielleicht gibt es noch Hoffnung, vielleicht ist es für die Securitywesten keine so große Sache, dass jemand mit Konservendosen schmeißt, vielleicht bleiben uns noch ein paar Minuten.

«Warum sagen mir alle, dass ich ihnen so wichtig bin»,

brüllt Marie, und ich frage mich, ob sie schon jemals in ihrem Leben so wütend gewesen ist, «und dann erzählen sie mir nichts», sie tritt gegen das nächste Zelt, hoffentlich ist der Stoff reißfest, «sie erzählen mir nichts und hauen einfach ab», das Zelt gibt auf und lässt sich fallen, übersät mit Maries Fußabdrücken, «weil ich ihnen ja so verschissen wichtig bin.»

Ich gehe auf Marie zu und lege meine Hand auf ihren Arm, sie schüttelt sie sofort ab. «Was willst du?», fragt sie. – «Helfen», sage ich. – «Dann zieh die Scheißheringe aus der Erde.»

Ich bücke mich und greife einen der Heringe, während Marie gegen die Zeltstange tritt. Am sinnvollsten ist es wahrscheinlich, denke ich, Marie nach hinten zu ziehen, während sie tritt. Und sich dann auf sie draufzuschmeißen. Ich pirsche mich an, aber Marie bleibt plötzlich stehen, als habe sie eine Erleuchtung gehabt, und genau in dem Moment höre ich hinter uns die Securitywesten.

Marie lässt die Wodkaflasche fallen. «Ich muss kotzen.»

«Nicht hier», kreische ich, ich zerre sie am Arm über den Platz, irgendwo muss doch noch ein Ausgang sein, irgendwo nach hinten raus, so waren bestimmt die Auflagen, jetzt haben die Westen das erste niedergestreckte Zelt entdeckt, ich höre ihre Stimmen, aber da, tatsächlich, ein Ausgang, ein nicht bewachter Ausgang. Ich schleife Marie weiter durch ein Feld hindurch; bevor sie kotzt, sollten wir genug Abstand zwischen uns und die Securitywesten gebracht haben. Wir erreichen ein kleines Wäldchen, und ich lasse sie los. Sie beugt sich sofort nach vorn.

«Alles Fidschi», sage ich, «das muss mal raus.»

Ich gehe trotzdem ein paar Schritte zur Seite. Sie würgt und lässt es raus, würgt und lässt es raus, bis sie nur noch würgt. Man kann eben nicht so viel saufen, wie man rauslassen möchte.

Der Himmel ist dunkel geworden, ich weiß nicht, ob das schon die Nacht ist oder ob sich immer noch Gewitterwolken zusammenballen.

Als sie nicht mehr würgen muss, lehnt sich Marie an einen Baumstamm.

«Es tut mir leid», sage ich und setze mich neben sie. Ich betrachte die Erbsendose, die zwischen uns steht.

«Was denn?», fragt Marie. Haarsträhnen hängen ihr ins Gesicht und bleiben auf der verschwitzten Stirn kleben.

«Dass er nicht hier ist. Und», ich zögere kurz, «es tut mir leid, dass ich es dir damals erzählt habe. Mit Jo und der anderen.»

«War schon richtig, was du gemacht hast», Marie schaut mich an, ihre Augen sind nur schmale Öffnungen in zwei dunklen Höhlen, sie ist ordentlich fertig.

«Aber wenn ich es nicht gesagt hätte, dann wärt ihr vielleicht nicht auseinander, Jo wäre nicht abgehauen, und du hättest keinen halbverdauten Wodka in deinen Haaren.»

«Nicht deine Schuld.» Marie wischt sich mit ihrem T-Shirt über die Haare. Sie schaut auf ihr verschmuddeltes Shirt und verzieht angeekelt das Gesicht. «Wie heißt noch mal der Spruch mit dem Briefträger?»

«Ich bin nur der Bote», sage ich und reiche ihr ein paar Blätter, damit sie sich den Schleim vom T-Shirt reiben kann.

«Genau.» Sie wischt über ihr Shirt und schmeißt die Blätter

weg. «Pavel hat mir gesagt, ich soll es nicht am Briefträger auslassen.»

Sie legt ihren Kopf ein wenig in den Nacken, rollt ihn am Baumstamm hin und her.

«Du hast ewig auf dem Hinterhof abgehangen, obwohl dich keiner so richtig mochte. Das habe ich nie verstanden.»

Ist doch ziemlich simpel, denke ich, weil dazuzugehören unterm Strich weniger weh tut, als einsam zu sein, aber das kann ich nicht aussprechen, das kann ich nur denken.

«Mein Leben», sagt Marie, «ist eine Sackgasse.» Überholspur, Einbahnstraße, Kreisverkehr. Wie lange ist es her, dass Can und ich darüber geredet haben? Zehn Tage. Zwei Hände voll Reise.

«Ach, komm schon», sage ich, aber vielleicht stimmt es ja, alles sieht so schön aus und klingt auch toll, Erlengasse in Oer-Erkenschwick, und am Ende ist es nur eine Sackgasse.

«Ich habe den neuen Wendthoff gefragt, ob er noch Azubis sucht.»

«Ist doch keine Sackgasse», bemühe ich mich, witzig zu sein, «ist ein Pausenraum mit Fernseher», aber ich kann darüber selbst nicht lachen.

«Ich habs mir immer anders vorgestellt. Das Leben», sagt Marie.

Ich nicke mit dem Kopf.

«Ich mir auch.»

Marie lächelt mich erschöpft an. «Inzwischen habe ich dich voll gern, nur damit du es weißt», sagt sie. «Hätte ich nie gedacht, dass wir diesen Sommer Freunde werden.»

Ich versuche zurückzulächeln, aber ich schaffe es nicht,

ich höre Maries Worte und fühle mich, als hätte mir jemand meinen Rollkoffer in den Magen gerammt und anschließend mit der Erbsendose den Schädel zertrümmert.

Ich habe geglaubt, dass ich die Geschichte hinter dem X verstecken kann, bis wir Jo finden, vielleicht auch für immer, aber das funktioniert nicht mehr. Wenn Marie denkt, dass ich jemand bin, den man voll gernhaben kann, dann funktioniert das nicht mehr.

Es ist Montagnachmittag, und ich habe einen Sack mit Pfandflaschen in der Hand. «Der muss in den Hinterhof», hat der Wendthoff gesagt, die Lagertür ist einen Spaltbreit geöffnet, und ich höre die Stimmen von Otto und Jo. Auf der Party am Samstag ist Jo übel abgestürzt und mit einem fremden Mädchen in Cans Zimmer verschwunden, das habe ich noch mitbekommen, bevor ich nach Hause gegangen bin. Ich stoße die Lagertür ein paar Zentimeter weiter auf und sehe Otto und Jo. Sie sitzen auf den Metallstühlen und haben mir den Rücken zugewandt.

«Du musst ihr das beichten», sagt Otto. «Weißt du, oder?»

Jo nickt nur mit dem Kopf.

«Ich hab das mit Vika oft genug durch. Ist totale Scheiße.»

«Ich erzähl es Marie morgen. Nach der Mathearbeit. Die darf sie nicht verhauen, hat sie gesagt.»

«Alter, keine Ausreden.»

«Ist keine Ausrede. Ich mache es direkt morgen, und jetzt nerv mich nicht.»

Jo erhebt sich, ich gehe schnell ein paar Schritte rückwärts und bleibe vor der Tür zum Pausenraum stehen. Er reißt die

Lagertür auf, geht den Gang entlang und schnauzt mich an: «Verzieh dich, Entenarsch.»

Den Plastiksack lasse ich los und ergreife die Chance. Ich gehe direkt zu Marie nach Hause. Ihre Mutter steht im Wohnungsflur, einen Jutebeutel über der Schulter und auf dem Weg zur Arbeit, Marie sieht mich irritiert an, als ich an die angelehnte Zimmertür klopfe, aber sie ist Marie, also bittet sie mich herein. Das Mathebuch auf ihrem Schreibtisch ist mir vollkommen egal, ‹Berechnet die Gegenkathete›, die Gegenkathete kann mich mal. «Vorgestern bei Can, da hat Jo mit einer anderen», sage ich, «das solltest du wissen», ich sehe, wie der Glanz aus Maries Augen verschwindet, und ich weiß, dass sie genau das hier Jo nicht verzeihen kann, den Absturz vielleicht und sogar die Sache mit der anderen, aber nicht das. Dass es nicht Jo ist, der es ihr erzählt. Er wird Marie verlieren, denke ich, als ich die Zimmertür hinter mir zuziehe und die Wohnung verlasse. Er wird das verlieren, was ihm am wichtigsten ist. Jo ist es gewesen, der mir meinen Namen gegeben hat, und endlich wird er dafür büßen.

Ich sitze neben Marie unter dem Baum, sie klammert sich an der Erbsendose fest, während ich die Geschichte hinter dem X hervorhole. Als ich geendet habe, springt sie auf und würgt und lässt alles raus, was noch in ihr ist.

IN DER Nacht hat sich das Gewitter über uns entladen, heute Morgen ist der Himmel wieder blitzeblau.

Wir sitzen alle nebeneinander auf Alustühlen und Gartenliege, aufgereiht wie die Joghurts im Kühlregal, Can, unser Pavel, Marvin, Vika, Otto, Yasmin und ich, nur kühl ist es natürlich nicht. Unsere Füße sind nackt, die Fußnägel von Vika und Marvin leuchten bereits knallrot.

«Ich will nicht mehr», sagt Marie. «Ich fahre heute nach Hause.» Sie lackiert den Nagel von Pavels rechtem großem Zeh, ich sitze zwischen Marvin und unserem Pavel, aber meine Zehen hat sie ignoriert.

Wir gucken uns über Maries Kopf hinweg an.

«Marie», beginnt Can.

«Nichts Marie», sie ist inzwischen beim kleinen Zeh von unserem Pavel angekommen, «das wars jetzt.»

Otto stößt unseren Pavel in die Rippen, unser Pavel fixiert Vika mit seinem Blick und formt mit seinen Lippen «Du», Vika versucht, Kontakt mit Marvin aufzunehmen, aber der gähnt nur, obwohl er in den letzten 24 Stunden bestimmt 15 Stunden geschlafen hat, also zwinkert sie Can zu, Can zwinkert zurück, das geht mehrmals hin und her, bis Can aufgibt und sagt:

«Dann suchen wir ohne dich weiter.»

Marie zuckt zusammen, und unser Pavel zieht schnell seine Füße aus ihrer Reichweite.

Gestern sind Marie und ich kurz vor dem Gewitter beim Wohnmobil angekommen, Marie hat kein einziges Wort mehr mit mir gesprochen und sich sofort neben Fine und Marvin schlafen gelegt. Ich setze mich zu Vika auf einen der Alustühle, irgendwann kommen die anderen durch den Regen gerannt, Marvin stolpert mit kleinen Augen aus dem Wohnmobil, wir sitzen unter der Markise, schauen dem Gewitter zu, die Markise trotzt dem Sturm, ‹Putzen hilft›, denke ich und erzähle auch dem Rest vom Hinterhof die Geschichte hinter dem X.

«Wenn das Gewitter vorbei ist, packe ich meinen Rollkoffer und bin weg», sage ich schnell. Can sitzt mir gegenüber, ich spüre seinen Blick, aber ich schaffe es nicht, ihm in die Augen zu schauen, habe zu große Angst davor, dort den Dschungel wiederzusehen und ihn nicht mehr betreten zu dürfen.

«Das war mies», sagt Otto und schüttelt den Kopf, «niederträchtig mies.»

«Aber Jo ist mit der anderen aufs Zimmer, also das war schon so, oder?» Vika schaut fragend in die Runde, dann presst sie ihre Handballen gegen die Stirn und motzt: «Ich kann nicht denken bei Gewitter.»

«Ich denke, wir haben alle schon mal ...», unser Pavel startet einen neuen Versuch, «wir saßen alle schon mal im Porzellanladen.»

«Glashaus, meinst du», korrigiert ihn Otto.

«Ach, kein Plan», Marvin gähnt laut, «Weiber quatschen doch immer.»

Ich zähle den Abstand zwischen Blitz und Donner, und als er mir groß genug erscheint, stehe ich auf, um meinen Rollkoffer zu holen.

«Du kannst nicht einfach über die Scherben steigen und so tun, als wär nichts», sagt Can, als ich die Wohnmobiltür erreicht habe.

«Und was soll ich tun?» Ich drehe mich um und sehe ihn an. «Ich kann es schließlich nicht ungeschehen machen.»

«Du kannst Jo finden.»

Und dann entwerfen wir, mein Vater wäre stolz auf mich, wir entwerfen gemeinsam einen Aktionsplan.

«Wir wollen nach Ulm», sagt Can zu Marie. «Diesen Fünfzehn Cent ausfindig machen.»

Wir warten darauf, wie sie reagiert, Marie greift sich den linken Fuß von unserem Pavel.

«Can ist sicher, dass die Eltern von Fünfzehn Cent immer noch in Büdchen machen», springt Pavel Can zur Seite. «In Ulm gibt es keine ... also keine Büdchen, aber ich habe schon eine Liste gemacht mit allen Kiosken, Tabak- und Lottoläden. Irgendwo ... Fünfzehn Cent muss irgendwo sein.»

Marie streicht mit dem Lackierpinsel noch einmal über den Nagel seines linken kleinen Zehs, dann rückt sie ein Stückchen weiter und greift sich den Fuß von Yasmin.

«Und alle sind mit dabei?», fragt sie.

«Ja», sage ich mit möglichst fester Stimme. «Es sind alle mit dabei.» Auch ich.

Marie hört auf, Yasmins Fußnägel zu lackieren, sie schiebt sich ein Stück nach hinten, damit sie alle der Reihe nach ansehen kann. Nur mich nicht. Natürlich sieht sie mich nicht an.

«Aber wie kommen wir nach Ulm?», fragt sie, ‹wir› fragt sie, nicht ‹ihr›, «das ist doch voll weit.»

Wieder schauen wir uns an. Mehr als ‹in allen Tabakläden Ulms nach Fünfzehn Cent suchen› hatten wir im Aktionsplan noch nicht festgelegt. Er weist definitiv einige Lücken auf.

«Mit der Bahn», schlägt unser Pavel vor. «Das ist sowieso besser ... ich meine, das ist besser für die Umwelt.»

Vika verdreht die Augen. «Ich hasse Bahn fahren.»

«Das kostet doch», sagt Marie, «Can und ich bekommen erst nächste Woche Geld für die Doppelschichten.»

«Stimmt», Can kratzt sich am Hinterkopf. «Dann bin ich leider immer noch pleite.»

«Ich habe was für den Auftritt bekommen», mischt sich Otto nun ein, «bis nach Ulm sollten wir damit kommen, es gibt bestimmt irgendwelche Gruppentickets.»

«Aber du kannst nicht unsere Tickets ... Das ist doch nicht richtig.» Unser Pavel löst den Blick von seinem Smartphone, auf dem er gerade nach Zugverbindungen gesucht hat. «Und wir müssen viermal umsteigen.»

«Das ist bisschen heftig mit Fine», sagt Otto, und wir schauen zu Fine, die neben der Gartenliege mit den Kunststoffkaffeebechern der Blümchenschlüpper spielt. «Ohne Kinderwagen.»

Als ob er ein Stichwort gegeben hätte, reden alle gleichzeitig, Worte fliegen umher, und Sätze prallen aufeinander:

Aber die Bahn

Und ich hab dem Wendthoff noch gesagt

Die Bahn

Dem Wendthoff hab ich noch gesagt

Ohne Kinderwagen, wie kann man nur

Die Bahn

Das hab ich dem Wendthoff gesagt

Wo kann man da pennen, in Ulm

Also ich würde sagen

Der Wendthoff

Die Bahn

Jetzt hört mir doch zu

Dafür schmeiße ich keine Windeln in den Wald, also kack mich nicht an

Die Bahn

Und wo ist dieses Ulm überhaupt?

Die Bahn kommt sowieso immer zu spät

«Dann nehmt doch das Wohnmobil», brüllt jemand von hinten.

Wir verstummen und drehen uns um. Da steht Tiger, die Frau von Püppi.

«Wohin wollt ihr überhaupt?»

Tiger setzt sich neben Marie auf den Boden, und wir erzählen ihr von Jo und Ulm und den Tabakläden.

«Dein Auto wird heute abgeschleppt und landet in der Schrottpresse», Tiger schaut mich an. Ich schiebe meine Unterlippe nach vorn, so fühlt es sich also an, wenn man Vikas

Flunsch macht, ich muss aufpassen, dass das nicht zur Gewohnheit wird.

«Ich kläre das mit den anderen Blümchenschlüppern.» Tiger steht auf und fängt an zu lachen. «Die sind immer noch komplett fertig.»

«Von dem Konzert?», fragt unser Pavel.

«Nicht von dem Konzert.» Tiger schüttelt ihre kurzgeschnittenen Haare. «Im Hotel gibt es eine Kegelbahn. Und gestern sind Cord Deluxe und seine Crew gegen die Blümchenschlüpper angetreten. Es ist wirklich erstaunlich, in welchen Momenten Püppi Ehrgeiz entwickelt. Der kann sich heute kaum bewegen. Jetzt ist er drüben beim Cateringzelt, bevor sie das abbauen. Und die anderen Schlüpper, die sind noch im Hotel.»

Tiger verschwindet und kommt wenige Minuten später wieder.

«Alles geregelt», sie reibt sich die Hände, «wir fahren mit meinem Auto zurück, die nächsten Auftritte sind erst in zweieinhalb Wochen, aber Otto, das weißt du ja sowieso. Solange könnt ihr das Wohnmobil haben. Der Tank ist noch voll, das müsste bis Ulm reichen.»

Vika hebt ihre Arme in die Höhe und jubelt, Fine schaut von ihren Kaffeebechern auf und macht mit, unser Pavel, Yasmin und Otto klatschen sich ab, Can läuft zu Tiger und umarmt sie, Marvin guckt umher, als könne er es nicht glauben, Marie dreht das Nagellackfläschchen zu, und mir wird flau im Magen.

«Aber wechselt euch beim Fahren ab, ja?», ruft Tiger in die Begeisterung hinein, und da werden alle ganz still.

«Sie ist die Einzige mit Führerschein», sagt Otto und zeigt auf mich.

Tigers Mundwinkel sacken für einen kurzen Moment nach unten. Ich befürchte, dass sie gleich einen Rückzieher machen wird, weil sie realisiert, was sie getan hat, die Rettungssanitäterin verjagt den Tiger, Bilder im Kopf vom Wohnmobil, das gegen einen Baum prallt, drei Tote, sechs Verletzte, darunter ein Kleinkind, aber dann ist es nicht deine Schuld, will ich ihr zurufen.

«Puh», macht sie, genau, denke ich, aber es hilft ja nichts. Wir müssen nach vorn, wir müssen nach Süden.

Das ‹Puh› haben auch die anderen verstanden.

«Sie fährt super», sagt Can, und es fehlt nur noch, dass er seine beiden Daumen nach oben streckt.

«Und total sicher», versichert Otto so glaubhaft, als sei er bei meinem Opa in die Lehre gegangen.

«Beste Autofahrerin.» Vika zuckt noch nicht mal mit der Wimper.

Tigers Blick ruht auf mir, dann auf dem Wohnmobil. «Also gut», sagt sie, «es ist eigentlich wie Autofahren. Das Wohnmobil ist nur größer, breiter, schwerer und länger», und damit ist die Sache entschieden.

Püppi kommt um die Ecke gehumpelt. Gemeinsam schleppen wir die Instrumente in Tigers Auto und räumen die Alustühle in das Wohnmobil. Wir kurbeln die Markise hoch, die ein wenig schief in den Angeln hängt, und sammeln die Kunststoffkaffeebecher ein, die Fine mit Erde und Gras gefüllt hat. Wir bauen das Bett auseinander und machen zwei Sitzbänke daraus, befestigen den Kindersitz für Fine; wenn ich die Karre gegen einen Baum setze, sind wenigstens alle angeschnallt.

Ich setze mich auf den Fahrersitz, und Tiger erklärt mir alles, was sie für notwendig hält. «Wo ist das Warnblinklicht?», unterbreche ich sie.

«Kurven fahren und bremsen», beendet Tiger wenige Minuten später ihre Einweisung, «der Rest ist ein Kinderspiel.»

Ich starte den Motor, schalte in den ersten Gang, wer denkt sich nur so einen Blödsinn aus, einen Schalthebel am Lenkrad, ich suche den Schleifpunkt, würge den Motor ab, alles andere hätte mich auch überrascht. «Ups», sage ich und starte den Motor neu, suche wieder den Schleifpunkt, jetzt bloß so tun, als sei man ganz souverän, lieber zu viel Gas, immer nach vorn, der Motor heult auf, und ich fahre los. Im Schritttempo fahren Tiger und ich über die Wiese, ich fahre Kurven und bremse, der Rest wird doch ein Kinderspiel.

Zum Abschied stehen wir alle neben dem Wohnmobil. Tiger hört nicht auf, uns Ratschläge zu geben, bis Püppi sagt: «Mach dir keine Sorgen, es ist ein Blümchenschlüpper mit an Bord», er klopft Otto auf die Schulter, «mit einem Blümchenschlüpper im Gepäck wird dich das Leben garantiert nicht ficken.»

«Fahrt am besten über Nebenstraßen», gibt uns Tiger dann doch noch mit auf den Weg.

«Keine Autobahn, oder was?», fragt Can. «Das dauert ja ewig.» Er sieht Tiger betrübt an, und ich boxe ihn gegen den Oberarm.

«Grüßt Hasi von mir», ruft Vika, bevor Tiger und Püppi von außen die Tür schließen, dann sitzen wir angeschnallt im Wohnmobil, Can, Marie, Vika, Otto, Yasmin, unser Pavel, Marvin, Fine und ich.

Marie hat sich neben mich auf den Beifahrersitz gesetzt. Sie sieht mich nicht an, und sie lächelt auch nicht, sie schaut nach vorn durch die Windschutzscheibe und schweigt, ich mache es wieder gut, denke ich, versprochen, und trete aufs Gaspedal.

«In knapp fünf Stunden sind wir da», ruft unser Pavel, der neben Otto auf dem umgebauten Bett sitzt.

«Über die Autobahn wären es nur drei», ergänzt Can.

«Ja, ja», sage ich nur.

Langsam fahren wir von der Wiese auf den Feldweg und die Landstraße, vorbei an den Hinweisschildern, die uns vor zwei Tagen zum Festival geführt haben.

«Was soll das eigentlich heißen, ‹FWWF›?», frage ich, um nicht darüber nachzudenken, dass ich diesen Koloss durch die Gegend befördern muss, verantwortlich für acht Menschenleben und mein eigenes.

«Feld-Wald-und-Wiesen-Festival», antwortet Vika und durchforstet die Schränke der Blümchenschlüpper.

Macht Sinn, denke ich und winke meinem Corsa zu, der noch am Straßenrand steht.

«Anhalten», brüllt Marvin von hinten. Er springt aus dem Wohnmobil und tritt gegen den Außenspiegel des Corsas. Es kracht und splittert, er tritt noch einmal, und der Spiegel fällt auf den Asphalt. Marvin hebt ihn auf, kommt zurück ins Wohnmobil und drückt ihn mir in die Hand.

«Haste wenigstens ’ne Erinnerung.»

Nachdem wir eine halbe Stunde lang gefahren sind, wirft Marie einen Blick auf den Routenplaner und bläst Luft in ihre Backen. Sie muss gar nichts sagen, ich weiß auch so, dass wir länger als fünf Stunden unterwegs sein werden. Immerhin sieht Marie nicht mehr so fertig aus wie gestern, ihre dunkelbraunen Haare sind frisch gewaschen und werden wieder von einem Zopfgummi zusammengehalten, ihr T-Shirt hat keine Kotzflecken mehr, sondern weiße Streifen auf gelb. Im hinteren Teil des Wohnmobils ist längst niemand mehr angeschnallt, außer Fine natürlich, die in ihrem Kindersitz sofort eingeschlafen ist. Unser Pavel, Otto, Vika, Marvin, Yasmin und Can vergleichen ihre Playlists, wenn ein Song auf vier Playlists gespeichert ist, darf er gespielt werden. Sie sind so sehr damit beschäftigt, dass sie gar nicht bemerken, wie schnell oder wie langsam wir vorankommen, eher langsam als schnell. Wenn ich mich auf freiem Feld an das Tempolimit geschlossener Ortschaften halte, sind Kurven fahren und bremsen kein Problem, kommt mir ein Auto entgegen, dann verringere ich die Geschwindigkeit auf Spielstraße. ‹Das wäre schön›, würde ich Marie gern sagen, ‹wenn unser Leben eine Spielstraße sein könnte›, aber ich lasse es lieber bleiben. Marie schaut wieder auf den Routenplan, ich werfe einen Blick auf ihr Display, aber ich sehe keine blauen Linien, sondern ein Foto von Jo und Marie. Sie sitzen auf den Holzpaletten, einander zugewandt, ihre Zeigefinger ineinander verhakt, in ihren Augen die Gewissheit, dass nichts und niemand sie trennen kann.

Als sie meinen Blick bemerkt, drückt Marie auf die Hometaste, und das Foto verschwindet. «Wir werden ihn finden», sage ich, «ob in Ulm oder anderswo.»

Bubbles. Der Benachrichtigungston von unserem Pavel. Er schickt sich Sprachnachrichten mit Leroy hin und her, bis alle genervt aufstöhnen. «Er schreibt nicht gern», verteidigt unser Pavel sich und seinen Leroy und spielt die nächste Sprachnachricht ab.

Marvin ruft: «Ich will das nicht hören», und hält sich die Ohren zu, aber sein Bruder Leroy sagt sowieso nur Fetzen wie: «Ich geh jetzt los», «Ich ess jetzt was» und: «Ich muss mal gucken». Leroy redet auch nicht gern.

Future. Ottos Benachrichtigungston. Er steht auf und macht ein paar Schritte, bis er sich an Maries Kopfstütze festhält.

«Tiger will wissen, ob du klarkommst.»

«Kinderspiel», sage ich und winke einem Auto zu, das uns mit Lichthupe überholt.

«Alles klar», Otto streift mit seinem Blick kurz den Tacho, dann geht er wieder nach hinten zu den anderen. Inzwischen spielen sie ‹Leichen in der Playlist›. Jeder muss einen miesen Song aus seiner Playlist auswählen, und wer den schlechtesten hat, gewinnt die Runde. Unser Pavel führt mit fünf Punkten, Marvin kommt immerhin auf drei.

Um Mitternacht erreichen wir den Stadtrand von Ulm, aus fünf Stunden sind neun geworden. Wir halten auf dem Parkplatz von einem Baumarkt. Nebenan leuchtet das Reklameschild eines Fastfoodrestaurants.

Ich drehe den Zündschlüssel nach links, der Motor schweigt, und ich muss tief durchatmen. Gestern wusste ich noch nicht einmal, was der Schalthebel am Lenkrad soll, und heute habe ich uns vorbei an allen Bäumen bis nach Ulm gefahren. Ich höre, wie sie hinten klatschen und johlen, nur Marie öffnet sofort die Tür und steigt aus dem Wohnmobil, ich drehe mich nicht um, sonst müsste ich heulen.

Vika kommt zu mir nach vorn und beugt sich über den Beifahrersitz. «Ich habe den Grasvorrat von Schnecke gefunden.»

«Marie», sage ich. «Ich wollte sie nicht –»

«Schon klar», unterbricht mich Vika. «Du wolltest Jo zerstören, und Marie war für dich nur ein Dings.»

«Ein Kollateralschaden», sage ich.

Can, Otto und Marvin brechen sofort auf zum Fastfoodrestaurant, ich lege mich auf die Vordersitze und will nur kurz die Augen schließen, irgendwann höre ich leise Cans Stimme und spüre seine Finger, die über meine Stirn streichen, aber vielleicht träume ich schon.

«Und du bleibst hier», sagt Otto am nächsten Morgen zu mir, als sich unsere Gruppe für die Suche nach Fünfzehn Cent aufteilt, und ich glaube sofort, auf einer dieser schmalen Bänke in einer Turnhalle zu sitzen, rieche den jahrzehntealten Schweiß mehrerer Schülergenerationen, der in Weichboden, blaue Matten und Wände gedrungen ist, eine wird immer als Letzte gewählt, zwölf Jahre Schulsport, das schüttelt man nicht einfach so ab.

«Das ... kann ja sonst keiner wie du», sagt unser Pavel und deutet auf das Wohnmobil, keine Turnhalle weit und breit, nur eine Boulderhalle um die Ecke, aber da muss ich ja nicht reingehen, wenn ich nicht will. Ich schüttele mich und sage: «Auf jeden Fall, ich bin dabei.» Sollte irgendwer in Ulm verlorengehen, nicht mehr zurückfinden, einen Hitzschlag erleiden, beim Fahren ohne Ticket erwischt werden, im Krankenhaus oder auf einer Polizeistation landen, ich werde ins Wohnmobil springen und ihn da rausholen. Oder sie. Da mache ich keinen Unterschied. Vergessen ist das Abseits, ich stehe im Tor, manchmal muss man nur die Perspektive wechseln. Alle machen sich auf den Weg, Otto und unser Pavel stellen sich an die Straße und halten den Daumen raus, Marvin und Can suchen eine Bushaltestelle, Marie und Vika wollen gemeinsam mit Fine alle Läden abklappern, die in der näheren Umgebung sind. Für einen Euro hat unser Pavel einen Einkaufswagen besorgt und ihn mit Decken und Fines Autositz in einen Kinderwagen verwandelt. Fine sitzt in ihrem neuen Gefährt, hält sich an den Seitengittern fest und brabbelt gut gelaunt vor sich hin.

Als alle außer Sichtweite sind, stelle ich fest, dass Yasmin mit mir beim Wohnmobil geblieben ist. Sie sitzt im Schneidersitz auf dem Asphalt, ihre Augen sind geschlossen, und in ihren Ohren stecken Kopfhörer.

Ich kurbele die Markise herunter und trage die Alustühle aus dem Wohnmobil. Yasmin öffnet die Augen und setzt sich zu mir. Es dauert nicht lange, bis ein Mitarbeiter des Baumarktes auf uns zugeschritten kommt, ein Glatzkopf Ende dreißig, wahrscheinlich ist er der Wendthoff vom Baumarkt, und er sagt uns: «Das geht so nicht, ihr könnt nicht einfach zwei Parkplätze blockieren.» Vor zwei Wochen hätte ich schnell die Markise eingerollt und wäre unters Wohnmobil gekrochen, stimmt nicht, vor zwei Wochen wäre ich gar nicht hier gewesen, aber jetzt denke ich mir, dass ich nicht tausend Kilometer gefahren bin, um mich von einem halbleeren Parkplatz vertreiben zu lassen. Gerade überlege ich noch, was ich tun könnte, die Stimme bei den Vokalen hochziehen oder freundlich lächeln oder den Mitarbeiter in den Arm nehmen oder aus dem Packen Papier in seiner Hand einen Blumenstrauß falten, da sehe ich, wie ihm der Kiefer nach unten klappt. «Ja Mensch. Gibt es die noch?», fragt er und zeigt auf das Logo der Blümchenschlüpper, das auf der Motorhaube des Wohnmobils prangt. «Vor zwanzig Jahren war ich auf jedem ihrer Konzerte», sagt er begeistert, und nachdem er uns ‹Ich hab geträumt von einem Tiger› vorgesungen hat, seinen absoluten Lieblingssong der Blümchenschlüpper, den hört er heute noch, erlaubt er uns, zwei Parkplätze zu blockieren, aber nur wenn wir die Schlüpper ganz lieb von ‹dem Sebastian aus Ulm› grüßen. «Früher hieß ich ‹Rasta-Basta›, da hatte ich aber noch mehr Haare.» Auch die Wendthoffs haben eine Vergangenheit und ein Leben jenseits des Einzelhandels. Ich möchte trotzdem nicht, dass unser Pavel einer von ihnen wird.

Yasmin und ich verbringen den Vormittag unter der Markise, und ich stelle fest, dass sie reden kann. Eine ganz dunkle, rauchige Stimme hat sie, wenn ich so eine Stimme hätte, ich würde nicht aufhören zu quatschen. Wir unterhalten uns über alles Mögliche, über Götter und den Hinterhof, und man kann es wirklich nicht besser auf den Punkt bringen, sie ist total nett, Yasmin.

Gegen Mittag dann Smile. Mein Benachrichtigungston. Yasmins Smartphone bleibt stumm, sie ist nicht in unserer Gruppe.

Ich öffne die Nachricht, wir beugen uns über mein Smartphone, unser Pavel kann gerade nur Sprachnachrichten, und hören seine Stimme, die aufgeregt verkündet: «Wir haben Fünfzehn Cent gefunden.»

Wenige Minuten später knattert ein Motorroller auf den Parkplatz und hält neben dem Wohnmobil. Unser Pavel hockt hinter einem fetten Typen, und sein halber Hintern hängt in der Luft.

«Da ist er», ruft unser Pavel und klopft dem Typen auf den Rücken, stolz wie ein Jäger, der gerade den größten Hirsch erlegt hat, dann rutscht er vom Sattel.

Fünfzehn Cent nimmt den Helm ab und fährt sich durch die verschwitzten Haare, beim Absteigen vom Motorroller hat er ein wenig Mühe, das Bein hinüberzuschwingen. Als er wieder auf zwei Beinen steht, zieht er seine Hose hoch, schon seltsam, dass übergewichtige Menschen ständig Hosen tragen, die zu groß sind, er kommt mit ausgestreckter Hand auf uns zu und lächelt uns an, und das ist wahrscheinlich das hübscheste Lächeln, das ich je gesehen habe, da kommt selbst Can mit seinen Grübchen nicht mit, das Lächeln wandert von den geraden, weißen Zähnen über das ganze Gesicht, bis es in den Augen landet, die wie Goldmünzen in der Sonne funkeln.

«Setz dich doch», sage ich und schiebe ihm einen der Alustühle hin.

«Ich muss gleich wieder», Fünfzehn Cent bleibt stehen, «meine Eltern sind zur Silberhochzeit am Gardasee. So lange müssen meine Oma und ich den Kiosk alleine schmeißen.»

Er will gerade weiterreden, als Marie über den Parkplatz auf uns zurennt. Außer Atem bleibt sie vor Fünfzehn Cent stehen und japst: «Weißt du, wo er ist?»

«Du bist Marie, oder?», Fünfzehn Cent blinzelt nervös. «Er war hier, bis vor zwei Wochen ungefähr.»

«Und wo wollte er hin?», fragt Marie ungeduldig.

«Ich weiß nicht so genau.» Das Lächeln ist aus seinem Gesicht verschwunden, jetzt ist er wieder ein Sechzehnjähriger mit zu viel Masse am Körper, einer Jeans, die zwei Nummern zu groß ist, und einem Superhelden-T-Shirt, der anfängt zu stottern, weil er mit dem schärfsten Mädchen der Klasse ein Referat halten soll. «Er hat gesagt, dass er ans Meer will.»

«Wohin ans Meer?»

«Das hat er nicht gesagt.» Fünfzehn Cent schaut uns an und schwingt hilflos die Arme zur Seite. «Wieso startet ihr nicht irgendeine Suchaktion im Internet?»

«Dass er abgehauen ist, das soll ja keiner …», sagt unser Pavel und bleibt mal wieder mitten im Satz hängen. «Bullen oder Jugendamt.»

Bevor er auf seinen Motorroller steigt, erzählt Fünfzehn Cent Marie von den Wochen mit Jo, dass sie sich so verstanden haben wie früher und dass es ihm gutgegangen sei, dass er abends immer mit Fünfzehn Cents Oma im Hinterhof auf der Bank gesessen habe, um sich eine Zigarette zu teilen, sowieso habe er gerne im Hinterhof gesessen. «Mittwochs ist er mit Oma immer zum Billardspielen und sonntags zu ihrer Doppelkopfrunde. Die waren richtig verschossen ineinander», er lacht und wirft dann einen erschrockenen Blick zu Marie. «Aber meine Oma ist 73, da lief nix, ich schwöre.»

Als er wieder vom Parkplatz knattert, schauen wir Fünfzehn Cent hinterher, und unser Pavel erzählt, wie sie ihn gefunden haben.

«Otto und ich sind in die Läden rein und haben das Foto, das von Jos Mutter ... niemand kannte ihn. Aber vor dem fünften Laden ... eine alte Frau in einem Liegestuhl. Sonnenbrille auf der Nase und ein Glas Milch ... also in der Hand. Sie guckt auf das Foto ... guckt auf das Foto und sagt: ‹Selbstredend kenn ich den, das ist mein Enkel. Und den anderen kenn ich auch. Das ist ein guter Bekannter von mir.›»

Unser Pavel unterbricht seine Erzählung, weil Otto, Vika und Fine eintreffen.

«Wie heißt Fünfzehn Cent eigentlich richtig?», frage ich.

«Fünfzehn Cent», sagt Otto und setzt sich auf Yasmins Schoß. «Die ganze Welt nennt ihn so.»

«Hm», mache ich und habe Angst, dass es mir auch einmal so ergehen wird.

Vika stellt den Einkaufswagen mit Fine unter die Markise und haut sich neben unseren Pavel auf die Stufen des Wohnmobils. Fine scheint damit gar nicht einverstanden zu sein, sie kreischt und zappelt und schlägt mit ihren Händen gegen die Seitengitter.

«Sie braucht Bewegung», seufzt Otto und will wieder aufstehen. «Lass mal», ich hole Schwung und erhebe mich von meinem Alustuhl, «ich habe den ganzen Tag gesessen.»

Maries Schweigen ist für mich immer noch schwer zu ertragen, dabei sollte ich das doch gewohnt sein, mein Leben lang an der Seite einer steinernen Mutter, aber an manches gewöhnt man sich nie, ich schnappe mir Fine, und wir machen einen Ausflug in den Baumarkt. Ich dachte immer, so ein Baumarkt sei nur ein Antidepressivum für alte Säcke, aber das stimmt nicht, so ein Baumarkt ist ein riesengroßer Abenteuerspielplatz für jedes Menschenwesen. Wir rollen Farbdosen durch die Gänge und bauen aus ihnen Pyramiden, die Glatze von Rasta-Basta taucht auf, «Ja Mensch, ihr amüsiert euch aber», und zwischen Klarlack in Acrylqualität seidenmatt und Klarlack auf Kunstharzbasis seidenglänzend denke ich über Jo und das Meer nach.

Zum Abschluss kaufe ich Fine noch einen Autoschwamm in Ankerform, wir gehen zurück zum Wohnmobil, und ich sage laut:

«Jo ist an der Nordsee.»

«Nordsee? Was soll Jo denn an der Nordsee?», fragt Marie und sieht genauso überrascht aus wie unser Pavel, Vika, Otto und Yasmin. «Wir glauben, er ist am Mittelmeer.»

Ich will gerade loslegen, um sie von der Nordsee zu überzeugen, als Can und Marvin um die Ecke kommen.

«Wo seid ihr so lange gewesen?», fragt Vika, die sich die Gartenliege aus dem Wohnmobil geholt hat und damit den dritten Parkplatz blockiert.

«Kein Plan», Marvin stöhnt. «Can muss immer so viel labern.»

Natürlich wissen wir genau, was er meint. Wahrscheinlich ist Can inzwischen mit allen Kioskbesitzern Ulms befreundet und hat fünf Partyeinladungen in der Tasche, drei Jobangebote und vier Übernachtungsmöglichkeiten, zwei mit und zwei ohne Hintergedanken.

«Dafür hat sich Marvin beinahe von zwei Kontrollettis erwischen lassen.»

«Alter, ich hab mich mit meinen Beinen verheddert, hab ich dir schon gesagt.»

«Ja, das könnt ihr alles später erzählen», unterbricht Otto die beiden. «Ist nicht eure Geschichte jetzt.»

Marvin und Can setzen sich zu unseren Füßen auf den Asphalt, und Marie berichtet in knappen Sätzen über Jo und sein mögliches Reiseziel.

«Wir glauben, dass er nach Italien ist, ans Mittelmeer», beendet Marie ihren Bericht.

«Ich glaube das nicht», sage ich, auch wenn es mir nicht leichtfällt, Marie zu widersprechen.

«Bis nach Genua ist es nur doppelt so weit ... doppelt so weit wie von Fulda nach Ulm», versucht unser Pavel, mich auf ihre Seite zu ziehen. «Das ist doch ein Tatzensprung.»

«Ich glaube, dass er an der Nordsee ist.» Ich halte mich an der Armlehne meines Alustuhls fest, meine Fingerknöchel treten hervor, als könne das irgendwen von meiner Meinung überzeugen.

«Du kennst ihn überhaupt nicht.» Marie knetet den Autoschwamm, den sie von Fine bekommen hat. «Jo hat nie irgendwas über die Nordsee gesagt.»

«Er war früher jeden Sommer da», ich beiße einmal kurz die Zähne zusammen, weil es nun wieder heikel wird. «Seine Mutter hat ein Album voller Fotos, auf denen sieht er total glücklich aus.»

«Aber Jo ist von zu Hause abgehauen.»

«Kein Kontakt mehr zu seiner Mutter.»

«Und von hier ist man schneller ... schneller am Mittelmeer als an der Nordsee.»

«Er ist immer weiter nach Süden.»

«Warum soll er plötzlich zurück?»

Es ist so verdammt schwer, gegen eine Gruppe von Menschen anzureden, und am Ende aller Argumente kann ich nur sagen: «Das weiß ich auch nicht, ich weiß nur, dass ich recht habe.» Und ich weiß nicht, wen ich damit überzeugen soll.

«Nagel, Daumen oder Luft?», fragt mich Can.

«Nagel, ich glaube, Nagel.»

«Vielleicht ist da was dran», Can greift nach Maries Tasche, kramt darin herum und holt den Nagellack heraus. Marie gibt Fine den Autoschwamm zurück und nimmt Can das Fläschchen aus der Hand.

«Glaubst du das wirklich?», Marie sieht Can an, und er kann nur mit den Schultern zucken und «Könnte doch möglich sein» sagen.

Als ich mich Stunden später auf den Vordersitzen hin und her wälze, sind alle Fingernägel rot lackiert, sogar meine, und die Entscheidung ist gefallen, wir brechen morgen nach Italien auf. Kurven fahren und bremsen, der Rest, Österreich, Bodensee, Liechtenstein, Alpen, Schweiz, der ganze Rest ist ein Kinderspiel.

In der Nacht schlafe ich schlecht, ich sehe die Fotos vor mir, Nordsee, immer wieder Nordsee, da verliert man den Verstand, und Jo, immer wieder Jo, an den gleichen Orten, zwischen Strandkorb und Eisdiele.

Am nächsten Morgen weckt uns Pavels Benachrichtigungston. Bubbles.

«Leroy hat Frühschicht», murmelt unser Pavel und öffnet in Boxershorts und T-Shirt die Wohnmobiltür, um im Freien die Sprachnachricht abzuhören. Auch wir kriechen aus unseren Betten und von unseren Sitzen, setzen uns draußen sofort wieder auf die Gartenliege und Alustühle. Unser Pavel will Leroys letzte Sprachnachricht abspielen, aber Otto legt seine Hand auf Pavels Unterarm und sagt: «Keine Sprachnachrichten vorm Frühstück.»

«Leroy passt auf den Hinterhof auf», fasst unser Pavel den Inhalt der Nachricht zusammen. Da habe ich immer gedacht, der Leroy bleibt nicht lange, und nun sitzt er als einsamer Wächter auf den Holzpaletten, während wir uns über die Alpen quälen.

«Deine Mutter?», Marie schaut zu Vika, die einen Apfel für Fine schält.

«Alles geklärt.» Keiner fragt nach, wahrscheinlich wissen alle Bescheid.

«Und Praktikum fängt erst in drei Wochen an.»

«Was ist es diesmal?», fragt Can.

«Ist doch egal. Büro oder so.»

Rasta-Basta geht über den Parkplatz, ich hebe grüßend die Hand, er schaut auf unsere Nachthemden und Boxershorts und ruft: «Ja Mensch, ihr seht noch ganz verschlafen aus.»

Kurze Zeit später hängen sich alle ihre Taschen und Rucksäcke über die Schultern, Rasta-Basta hat uns erlaubt, die Waschräume des Personals zu benutzen. Can will sich meinen Rollkoffer schnappen, um ihn aus dem Wohnmobil zu heben, aber ich bin schneller und halte den Griff fest. «Ich komme gleich nach», sage ich, «muss nur kurz den Ölstand checken.»

Als alle verschwunden sind, setze ich mich auf den Fahrersitz und trommele auf das Lenkrad. Ich kann nicht über die Scherben steigen und so tun, als wäre nichts, einfach so mit den anderen nach Italien fahren, als ginge es nicht darum, Jo zu finden, mit den anderen in die falsche Richtung rennen, nur um dabei zu sein, wenn alle in die falsche Richtung rennen, dann ist das ja schon oft genug schiefgegangen, und wenn man spürt, dass etwas falsch ist, dann muss man aufhören, dabei zu sein, dann muss man einen anderen Weg gehen oder hüpfen oder springen oder watscheln, wonach einem gerade ist, und dann muss man auch aushalten, dass es weh tut. Es wird weh tun, und ich muss das aushalten.

Ich drehe den Zündschlüssel nach rechts, der Motor startet, ich lege einen Gang ein und fahre los.

Ich biege vom Parkplatz auf die Straße ein und werfe einen letzten Blick in den Seitenspiegel.

Can rennt hinter dem Wohnmobil her, er ruft etwas, das ich nicht verstehe, Can rennt hinter mir her, ich hätte gedacht, dass sich das gut anfühlt, aber das tut es nicht, es muss endlich Schluss sein mit Polonaise und albernen Partyspielchen, es ist Zeit für etwas anderes.

Ich kurbele das Fenster herunter. «Ich muss an die Nordsee», brülle ich. «Aber wir sehen uns auf dem Hinterhof.»

Ich strecke meinen Arm aus dem Fenster und fahre langsamer, er nimmt meine Hand, ich nehme seine, so viel mehr als zwei Hände mit rot lackierten Fingernägeln.

Als wir die hupenden Autos hinter dem Wohnmobil nicht mehr ignorieren können, lasse ich Cans Hand los und gebe Gas.

Ich tippe das Ziel in mein Smartphone ein und entferne

einen Haken bei den Routenoptionen. Dann stelle ich den Benachrichtigungston auf lautlos.

Nach ein paar Kilometern biege ich von der Bundesstraße ab und folge dem blauen Schild, mein Herz rast, aber das halte ich aus, ich setze den Blinker, ziehe hinter einem Lkw nach links und bin auf der Autobahn.

«EINMAL PISTAZIE, bitte», sage ich. Der Typ hinter dem Spuckschutz schaut gar nicht hoch, er rammt den Eisportionierer direkt in die braungrüne Masse. In den letzten drei Tagen bin ich in der Eisdiele ständig auf Mädchen mit den unterschiedlichsten Flechtfrisuren getroffen, und ich wollte schon aufgeben, vielleicht hatte ich mich ja doch getäuscht, «aber heute versuche ich es noch einmal», sagte ich mir, als ich vor zwei Stunden aufwachte. Ich ging die Promenade entlang, und da ragte hinter den Türmen aus Eishörnchen endlich eine Baseballcap hervor.

Er hebt den Kopf, als er das Pistazieneis herüberreicht, und ich erkenne das mürrische Gesicht sofort.

«Lange nicht gesehen», sage ich.

Jo ist immer noch so groß wie ich, stelle ich erstaunt fest. Während unserer Suche hatte ich irgendwann das Gefühl, dass er uns über den Kopf gewachsen ist. Auch sonst hat er sich kaum verändert, er ist immer noch sechzehn Jahre alt. Vielleicht sind seine hellbraunen Haare unter der Cap ein wenig länger. Und um seine Hände sind keine Mullbinden gewickelt.

Wenn Jo überrascht ist, mich zu sehen, dann lässt er es sich nicht anmerken. Ich warte, bis seine Schicht vorbei ist, wir gehen schweigend nebeneinanderher zum Deich. Jo hat sich die Baseballcap so weit ins Gesicht gezogen, dass ich nur seine Nasenspitze, seinen Mund und seine Kinnpartie erkennen kann. Wir setzen uns auf eine Bank und schauen über den Strand. Da will man ans Meer, und dann ist es nicht da, denke ich und sehe einem Mädchen dabei zu, wie es im nassen Sand wühlt und einen Eimer befüllt. Menschen laufen durch das Watt, eine ältere Frau mit beigen Shorts kämpft mit dem Gleichgewicht, sie streckt ihre Arme zur Seite, aber zu spät, sie setzt sich mitten hinein in den dunklen Schlamm. Und das soll also Entspannung sein, einen Schritt vor den anderen setzen und sich darum bemühen, den Halt nicht zu verlieren, so ist schon der Rest des Lebens, denke ich, das ist doch kein Urlaub.

«Wenn das Meer da ist, dann ist es bestimmt sehr hübsch», sage ich, um irgendwas zu sagen.

«Was machst du hier?», fragt Jo, und ich verstehe, wir machen keinen Smalltalk, wir kommen direkt zum Wesentlichen. Er schiebt seine Baseballcap ein Stück nach hinten, sodass sein Gesicht nicht länger im Schatten verborgen ist, und ich überlege, wann ich ihn das letzte Mal gesehen habe. Das war, bevor Leroys Kumpel diesen Typen am See erstochen hat, das muss kurz davor gewesen sein, weil Jo direkt danach abgehauen ist. Wahrscheinlich sind wir in der Gemüseabteilung aneinander vorbeigelaufen und hatten uns nichts zu sagen. Wenigstens das hat sich geändert.

«Die anderen wollen, dass du zurückkommst», sage ich.

Ich erzähle Jo von unserer Suche, von seiner Mutter und

von den Fotos, auf denen er mit leuchtendem Gesicht und einem Eisbecher vor der Eisdiele sitzt, auf den ersten Fotos mit einem Pinocchiobecher und bunten Streuseln, später dann mit Spaghettieis und Bananasplit, ich erzähle von Urs und seiner zickigen Schwester, dem Festival, dem Tourbus der Blümchenschlüpper und von Fünfzehn Cent.

«Fünfzehn Cent hat gesagt, dass du ans Meer willst. Und da dachten sie, du seist zum Mittelmeer.»

Jo nimmt seine Cap vom Kopf, fährt sich durch die Haare, sie sind tatsächlich länger geworden, und setzt sie wieder auf.

«Die sind ja verrückt», sagt er.

«Weil du immer weiter nach Süden bist.»

«Ich wollte einfach nur weg.» Jo steckt seine Hände in die Hosentaschen, wie er es früher immer gemacht hat, um die Mullbinden zu verstecken. «Hat aber auch nichts gebracht. Obwohl, stimmt nicht», er grinst, «ich kann jetzt Doppelkopf kloppen.»

«Und dann an die Nordsee», sage ich, damit keine Stille entsteht.

«Ich wohne beim Großonkel von Fünfzehn Cent.»

Es entfährt mir ein «Aha», das ‹Soso›, kann ich gerade noch unterdrücken. Also hat Fünfzehn Cent doch gewusst, wo Jo steckt, und ist deshalb so nervös geworden.

«Ich habe gedacht, vielleicht finde ich hier irgendwas», Jo schaut auf das verschwundene Meer, die ältere Frau hat sich inzwischen wieder berappelt und den trockenen Strand erreicht, «das ich vergessen hab.»

«Und?»

«Nein, nichts.»

«Keine Mullbinden mehr», sage ich und versuche, es möglichst nebensächlich klingen zu lassen. Ich kenne Jo nicht gut, aber ich weiß genau, wie er reagiert, wenn er Neugierde wittert.

Er steckt seine Hände noch tiefer in die Hosentaschen, aber dann zieht er sie langsam heraus und legt sie auf seine Oberschenkel. Auf dem Handballen sehe ich seine Narben, aber keine neuen Wunden.

«Ich muss dir was sagen», beginne ich und rede schnell weiter, «ich habe damals mitbekommen, was du und Otto auf dem Hinterhof geredet habt. Nach Cans Party.»

Ich schaue auf seine Narben, will nicht mehr verletzen und nicht mehr zerstören, das muss ein Ende haben. Als ich ihm alles gesagt habe, atmet Jo tief durch, er steckt seine Hände in die Hosentaschen, steht auf und geht über den Deich davon. Ich bleibe sitzen, es tut weh, und ich halte das aus. Vielleicht bin ich in dem Moment ein Entenarsch geworden, in dem ich zu Marie gegangen bin, vielleicht war ich vorher schon einer, woher soll ich das wissen, ich weiß nur, dass ich keiner mehr sein möchte. Ich betrachte den blauen Himmel, betrachte meine linke Hand, betrachte einen bunten Drachen, der durch die Luft fliegt, eine Hündin, die sich zum Pinkeln hinhockt, und tanze wieder Fragezeichen. Könnte die Hündin durch die Luft fliegen, wenn man Drache zu ihr sagte? Wahrscheinlich nicht, aber vielleicht würde es die ganze Welt von ihr erwarten. Würde meine Hand irgendwann himmelblau werden, wenn ich von nun an behauptete, sie sei es? Oder würde ich irgendwann meiner eigenen Behauptung mehr glauben als der Wirklichkeit, sähe eine blaue Hand, obwohl sie das gar nicht wäre?

Und gab es vor dem Huhn auf jeden Fall ein Ei, wie unser Pavel behauptet, aus dem alles Mögliche hätte schlüpfen können? «Wer sagt denn ... dass es unbedingt ein Huhn sein muss?»

Und wer sagt denn, dass ich für immer ein Entenarsch bleiben soll?

Ich habe keine Ahnung, wie lange ich alleine auf der Bank gesessen habe, bis Jo wieder am Ende des Deichs auftaucht.

Wir sitzen auf der Bank, bis es dunkel wird. Wir sehen, dass das Meer zurückkommt, wir sehen, dass die Urlauber in ihre Unterkünfte aufbrechen, auch die ältere Frau mit ihren verdreckten Shorts.

«Und ihr habt mich alle gesucht», sagt Jo irgendwann in die Stille hinein.

«Sogar Yasmin und Marvin, und die kennen dich noch nicht einmal.»

«Verrückt.»

Ich erzähle ihm von der Autobahnauffahrt und Achmad, von Matthes und seinem Opa, von der Party bei Bjarne, von den Securitywesten und von Rasta-Basta. Ich sehe ihn an und sage ihm, dass er mich nie wieder Entenarsch nennen soll. Nie wieder. Und als um uns herum die Nacht eingebrochen ist und wir unsere Gesichter nicht mehr erkennen können, da fragt er: «Sie will mich wirklich noch sehen?»

«Sie will, dass du sie zuerst siehst.»

Ich hole eine Erbsendose aus meiner Tasche und drücke sie Jo in die Hand. Mehr bleibt mir nicht zu sagen oder zu tun. Es ist wieder Jos und Maries Geschichte, nicht meine.

Am nächsten Morgen bereite ich alles für die Rückreise vor. Als ich Jo beim Abschied gefragt habe, ob er mitfahren will, habe ich keine Antwort bekommen. Er hat mir nur seine neue Handynummer auf meinen Handballen geschrieben.

Das Geld von meinem Sparbuch ist schon längst im Tank des Wohnmobils verschwunden, und ich hoffe sehr, dass das Benzin bis zum Hinterhof reichen wird. Von den letzten zwei Euro kaufe ich eine Flasche Cola und ein Brötchen beim Bäcker und vermisse Can und Marie.

Ich treffe Jo bei der Eisdiele. Er hat keine Tasche dabei und keinen Rucksack.

«Ich kann nicht zurück», sagt er, «noch nicht», und ich versuche nicht, ihn zu überreden.

«Denk nur daran, die wären bis ans Mittelmeer für dich gefahren», sage ich.

«Verrückt, oder?»

Ich gehe noch einmal zum Strand, schreibe ‹Entenarsch› in den Sand und sehe zu, wie der Name im Meer verschwindet.

ALS ICH vor dem Hinterhof halte, schalte ich meinen Benachrichtigungston wieder auf Smile. Ich habe 83 neue Nachrichten. Die letzte Nachricht ist von Can. Er hat sie an die Hinterhof-Gruppe geschrieben.

Lena,
was macht die Nordsee?
Du fehlst.
Bei Licht und überhaupt.
Soon arrow
Play button

Ich steige aus dem Wohnmobil. Auf der anderen Straßenseite steht Achmad. «Alles Fidschi», rufe ich, er zündet sich seine Selbstgedrehte an, nickt mir zu und verschwindet hinter der nächsten Ecke.

Ich betrete den Hinterhof, es geht ganz leicht. Holzpaletten und Plastiksäcke. Und ein Aussichtsturm.

Ich klettere auf die Plattform und höre die Stimme von unserem Pavel. «Man muss doch mal weit gucken ... das braucht man doch mal.»

DANKE!

Hanne Landbeck, ohne dich wäre ich Jo nie begegnet.

Kurt und Rosi, für ein Zuhause am Meer.

Regine und Uwe, für die richtigen Worte zur richtigen Zeit.

Beate Scherzer und Peter Kolling, für den schönsten Arbeitsplatz, den ich mir vorstellen kann.

Markus Behr und Bozena Badura, fürs Quatschen und Denken, bei Pizza oder Quiche.

Kerstin Plewa-Brodam, mein kluger Kompass.

Schreibgruppe, wir brauchen endlich einen Namen, Regine Glaeser, Luitgard Hefter, Lilian Schoefer, Grisella Kreiterling, Thomas Werner, André Hille und Martin Hielscher, so wertvolle Zeit mit euch, egal an welchem Ort.

Endspurt, Mädels, was hätte ich nur ohne euch getan?

André Hille, für deinen Geistesblitz, der alles ins Rollen brachte.

Christiane Steen, für dein Vertrauen in mich und die Gruppe vom Hinterhof.

Und dann auf der Zielgeraden: Regine, Grisella, Bozena, Sarah, Sarah, Sandra, Karosh, Florian, Andrea, Daniela, Claudia, Verena, Isa, ihr spontanen Feedbacker*innen.

Thorsten. Danke für alles!